すべて忘れて生きていく

北大路公子

PHP
文芸文庫

○本表紙デザイン＋ロゴ＝川上成夫

すべて忘れて生きていく◎目次

第一章　私は頑張らなくていい

第二章　相撲好きにもホドがある

第三章　呑んで読んで　呑まれて読んで

第四章　奇談集

本文イラスト・霜田あゆ美

第一章　私は頑張らなくていい

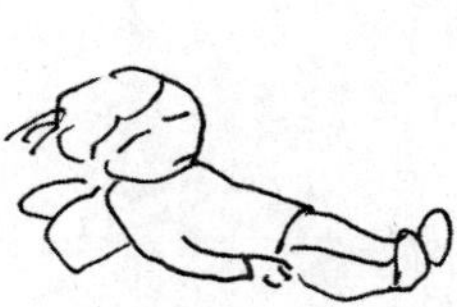

靴下なんて履かなくても

子供の頃、母親から耳にタコができるくらい言われていた言葉がある。

「全部食べなさい」

「戸を閉めなさい」

「早くしなさい」

好き嫌いが多くて少食で（しょっちゅう口内炎ができていた）、戸やドアを開けっ放しで歩く癖《くせ》があり（冬の北海道では重罪）、物事をテキパキと（嫌いなことも好きなことも）進めることができない子供だったのだ。どうにもパッとしない日々であったが、それでも最初の二つはなんとかなった。食べ切れないものは粘《ねば》りに粘ったあげくの泣き落としで大目《おおめ》に見てもらえたし、ドアは注意されるたびにすっ飛んでいって閉めればよかった。だいいち開けっ放しは自分も寒かった。

問題だったのは、「早くする」ことである。これの対処法が見当もつかなかった。そもそも「遅くしよう」とも思っていないが、朝起きてごく普通に登校準備をするだけで、なぜか母親が怒っている。まるで親の仇《かたき》のように、しかもその当の親から「早く早く」と急《せ》かされるのだ。「もう、いつまでも何やってるの？」って、登校準備である。確かに布団《ふとん》の中で昨日の続きの本を読んだり、着替えの途中で椅子《いす》に座ってグルグル回ったり、日課だった鳥籠《とりかご》の掃除をしながら敷いてある新聞紙の四コマ漫画を読んだりということはあったが、それはいわば世を忍ぶ仮の姿のようなもので、頭の中では「このページを読んだら起きよう」「次は靴下を履こう」「これが終わったら裏のIちゃん誘って学校行こう」とずっと考えている。テキパキと物事を進める人より、むしろおのれの次の行動に真摯《しんし》に向き合っている時間が長いといえた。

そんな私を、しかし親は「呑気者《のんきもの》」と呼んだ。一度、椅子でグルグル回った拍子に顔面を強打、鼻血を出した時には「バカ」と呼ばれたが、それ以外はたいてい呑気者として私を扱った。「ぼんやりさん」とも言った。もちろんどちらも不本意な呼び名である。私は鼻歌を歌いながらお花畑を散歩していたわけでも、うたた寝しながら「もう食べられないよームニャムニャ」と寝言を言っていたわけでもない。

本のページを繰ったりグルグル回ったりしつつ、ちゃんと靴下や学校のことを考えていたのだ。しかも人より余計に。

私が呑気者に見えるのは、Iちゃんのせいもあると私は思っていた。Iちゃんは私とは正反対のタイプの女の子である。時間割は夜のうちに揃《そろ》え、習い事があるからと佳境《かきょう》に入ったままごと遊びをあっさり中断し、通学路にある「おんこ」（イチイ）の実を五つまでなら食べてもお腹を壊さないと決めてそれを守った。しかも私より二つも年下。特別に「ちゃんとした子」と仲良くしているから、私が呑気者に見えるだけなのだ。お母さんはなんにもわかっていない。彼女のような子は、滅多にはいないし、いたとしても私がなれるわけではないのである。

自分のその考えが、どうやら間違っていると知ったのは、大人になってからである。驚くべきことに、世の中にはIちゃんみたいな人がたくさんいた。目的をきちんと定め、そのために億劫《おっくう》がらずに行動し、やると決めたことは最後までやる人である。あるいは、そうしようと努力している人である。彼らの存在を知った時、この人たちのおかげで世界がうまく回っているのだと、私は心の底から感動した。そして、やっぱり私は呑気者だったのかもしれないと思った。呑気者はいつまでたってもIちゃんにはなれないのである。

ゆっくり行こう、という言葉をよく聞く。慌《あわ》ただしい日々の中で一度立ち止まって周りを見回し、ゆっくりのんびりと過ごすことのすすめである。なるほどと私は思う。なるほど、世のIちゃんたちはきっと疲れているのだなあと。これはどこかのIちゃんが、別のどこかで頑張るIちゃんに呼びかけている言葉なのだなあと。

ゆっくりのんびり過ごすのはとても難しい。たとえ自由に街をぶらついても、温泉でごろ寝をしても、頭の中に「次に履くべき靴下」が渦巻《うずま》いている間は人は決してくつろげないからだ。出来の悪かった子供時代のおかげで、私はそのことに気づいた。世を忍ぶ仮の姿は、当たり前だが、真の自分ではないのである。

肝心なのは、頭の中の靴下を追い出すことだと私は思う。嘘でも本当でも、「靴下なんて履かなくても死なないし」と自分に言い聞かせながら日々を送るのだ。もちろんうまくいく時もそうじゃない時もある。実際、グルグル回ったあげく、弾《はじ》き飛ばされて鼻血を出すような目にもあった。けれども私の場合、少なくとも裸足《はだし》でいることの罪悪感は持たずにいられるようになった。

私よりずっと生真面目《きまじめ》な世のIちゃんたちは、私よりずっと「のんびりゆっくり」を必要としているだろう。のんびりに正解などないと思いながらも、「靴下なんて履かなくても死なないし」という呪文《じゅもん》がIちゃんたちにも効果がありますようにと、願っている。

特集　のんびり過ごそう。『ＰＨＰスペシャル』二〇一四年四月号

「馴染めそうな方」を選ぶ

以前、エッセイに偉人伝について書いたことがある。子供の頃、エジソンや塙《はなわ》保己一《ほきいち》やワシントンといった、いかにも昭和的偉人伝が大好きで、それを何度も読みながら、「世の中には頑張っている人がたくさんいるのだから、私は頑張らなくてもいいや」という信念を獲得したという話だ。

いい話だと思う。理にかなっているし、生きる上での何らかの教訓を読者に与えるという偉人伝編纂《へんさん》の目的にも沿っている。

が、これがどうにも不評だった。不評というか、驚かれたり呆《あき》れられたりした。「うちの子もそんなふうに思うようになったらどうしよう」という感想もあった。いやだなあ、どうもしませんよ。私みたいな大人になるだけですよ。

まあ、それが困るのだろうとは思う。なにしろ覇気《はき》がない。私としてもできれば偉人側、電球を発明し、『群書類従《るいじゅう》』を編み、桜の木を切って謝る方に身を置きたかったが、持って生まれた性格というものがある。実際は、偉人伝を読んで「よかった！　私以外のしっかりした人たちが世の中を支えている！」と安心する側であった。偉人に必要な積極性や判断力や強い意志というものを、まるきり備えていなかったのである。

当然、何かを選んだり、自分で決めたりすることも未《いま》だに、苦手だ。情報は取捨選択できず、買い物すら嫌いで、あらゆる物の規格が統一されればいいと半ば本気で夢想している。一つの製品に一つの規格。カワイイとか野暮《やぼ》ったいとかレンジ機能は要《い》るけどオーブンは要らないとかやっぱオーブンは欲しいけどスチームは余計だとか、そういった迷いの存在しない夢の国に暮らしたいのだ。

それは人生においても同じで、できることなら誰かが代わりに全部決めてくれないかと思っている。この仕事は引き受けて、これはちょっと無理だから断って、ここで思い切って方向転換して……ああ、本当に誰か決めてくれないかなあ。

しかし、実際そう口に出すと、これまた驚かれたり呆れられたりする。叱《しか》られることもある。

「自分の人生を他人に委《ゆだ》ねる気なの？」と彼らは言う。「とにかく自分で決めること。自分でじっくり考えて選べば後悔はしないし、時には考えずに思い切ることも大切だよ」

どっちだよ。

まあ、どっちもなのだろう。たぶん、彼らは偉人側の人なのだ。偉人側の人はじっくり考えようが目をつぶって飛び込もうが、選ぶこと自体を躊躇《ちゅうちょ》しない。でも、私は違う。何一つ選びたくないし、選ぶ時は厭々《いやいや》だ。ギリギリまで決断を先延ばしにし、いよいよとなった時点で仕方なく「馴染《なじ》めそうな方」を手に取る。それだけが判断基準だ。

祖母の介護を手伝うために実家に戻った二十代の時、介護を続けながら文芸誌に小説を応募した時、それが新人賞を受賞したのはいいけれども仕事がない時。目の前にはいくつかの選択肢《せんたくし》があったが、私はいつも馴染めそうな方を選んだ。病弱な母親に介護を任せるよりは実家に戻った方が、毎日ただ祖母の世話をするよりは小説を書いた方が、仕事を探すよりは一人でグダグダ書き続ける方が、私にとっては馴染めそうな気がしたのだ。

馴染むということは、不平不満が少ないということである。厭々に押し潰《つぶ》されそうになりながら選んだ結果が不平だらけ、周囲や自分を恨《うら》みながら生きる道なら目も当てられない。そんなバカな話はないだろう。もちろん後悔することもあれば、失敗することだってある。だが、そんな時のための偉人伝だ。思い出せ、世界は偉人側の人によってしっかり支えられていることを。私一人の失敗なんかはどうってことはないのだ。

岐路《きろ》に立った時、だから私はよく偉人側の人のことを考える。迷う彼らの前には何があるのだろうと。行くべき道を光が照らしているのか。それとも鬱蒼《うっそう》たる原野を自らの手で切り拓《ひら》いていくのか。私には決して見えないその景色を想像しながら、私は私自身にひっそりと馴染んでいく。

特集　一歩ふみだそう『ＰＨＰ』二〇一三年四月号

ココミの国を遠く眺めて

北海道に暮らしていると、季節はいつもずれてやって来る。冬は早く、春はずいぶん遅い。まるで熱病みたいに「桜」に浮かれていた本州の人たちが、「ところで梅雨《つゆ》入り予想だけど」などと夢から覚めたようなことを言い出す頃に、ようやく私の街にも桜が咲く。四月の終わりか五月のはじめ、その多くがソメイヨシノではなく、エゾヤマザクラだ。

自分の見ている春が、どうやら少しずれているらしいことには、子供の頃から薄々気づいていた。なにしろ漫画やドラマに出てくる入学式風景がしっくりこない。登場人物は全員薄着で、校庭に雪は残っておらず、おまけに桜の花が満開だ。そんな馬鹿な話はないだろう。

一体どういうことかと子供ながらに考えた末、あれは想像上の国のお話ではないかとの結論に達した。国の名前は、ココミ。テレビでは雪の降るさなかに「ココミの上では春」などとトンチンカンなことを言い出すことがよくあるが、なるほど、架空の国の話だと考えると辻褄《つじつま》が合う。わかってみればどうということはなかった。春ではなく秋にやる運動会も、八月三十一日まである夏休みも、雪の積もっていないお正月も、今まで不思議だったあれこれは全部ココミの国の出来事だったのだ。どうりで変だと思ったよ。

と、納得してから数年後、十代の終わりに私は北海道を離れた。ココミの国など実在しないことはとっくに知っていたが、故郷から遠く離れたその街で、私は久しぶりにココミの国のことを思い出すことになる。

初めての春だった。少しずつほころんでいた桜並木の花の蕾《つぼみ》が、ある日、気づいた時には満開になっていた。花びらは私が知っているより淡く繊細で、それがまるで空を覆《おお》うように咲いた。日差しは暖かく、風は柔《やわ》らかかった。すべてが白く霞《かす》み、そして匂《にお》い立った。視界に入りきらないような桜を眺《なが》め、

「ココミの国……」

そう呟《つぶや》いたのを覚えている。

知っている春とは、何もかもが違った。何時間桜を眺めていてもちっとも寒くな

い。お花見では誰もジンギスカンを食べていない。風習以前に、その必要がないのだと知った。なにしろ、あれは肉を焼くふりをして暖をとっているのだ。

　ココミの国の春は本当に穏やかだ。季節に切れ目がなく、いつのまにか近づいてきては、そっと隣に寄り添っている。一方、北海道の春はもっと圧倒的だ。長く地面を覆っていた雪と氷がとけ、そして一斉に芽吹く。梅と桃と桜が、ツツジとレンギョウとモクレンとチューリップが、ほとんど同時に花開く。ココミの国のようなグラデーションもなければ、順序もない。唐突な春である。

　ココミの国には七年暮らした。その後、北海道に戻り、ここ何年かは友人たちとお花見に出かけるのが恒例だ。札幌から車で北へ一時間ほど、山全体にソメイヨシノが植えられた、まるでココミの国のような公園である。園内は火気厳禁、ジンギスカンを焼く人もなく、ますますココミの国っぽい。

　だが、似ているのはそこまでだ。じっとしていると、すぐに冷えが上がってくる。重ね着をし、帽子をかぶり、マフラーを巻いて寒さをしのぐ。年によっては、出発前には「いくらなんでも」とからかって笑っていた友人のダウンジャケットを「五百円払うから貸して」と頼みたくなるほどだ。そしてひっきりなしにトイレに通いながらビールを飲む。

そうまでして、とコヨミの国の人たちは笑うかもしれない。それって楽しいの？と。もちろん楽しい。これは儀式なのだ。寄り添うようなコヨミの国とは違い、北の春は重い扉の向こうにある。その扉を力ずくで少しだけこじ開け、「もうすぐこれがすべて開け放たれ、花の咲き誇る本気の春がやってくる」と肌で感じるための、寒くも嬉《うれ》しい儀式なのである。

お花見の後は、冷えた身体を暖めるために居酒屋で飲み直す。それもまたしみじみと嬉しい。北国のお花見は一度で二度嬉しいのだ。

『文藝春秋』二〇一六年五月号

不自由だった日々

あの頃、私は自分のことを貧乏だとは思っていなかった。どう思っていたかというと、単に「不自由」だと思っていた。なんか不自由で困ったなあと思っていた。不自由の原因については、もちろん考えなかった。二十代前半の私は何も考えず、就職もせず、離れかけていた恋人の気持をどうすることもできず、日に数時間アルバイトに出かけ、その僅《わず》かなバイト代のほとんどを家賃と酒代に費《つい》やした。

家賃といっても住んでいたのは古い安アパートで、風呂《ふろ》はあったが、風呂しかなかった。エアコンはもちろん、食器棚も本棚も箪笥《たんす》も洗濯機も扇風機《せんぷうき》もなかった。正確には扇風機はあったが、購入当日に嬉しさのあまり指を突っ込んだら、羽根が折れて使い物にならなくなった。それで夏の間は暑くて眠れなかった。せめて窓を開けて風を通したかったが、夜毎《よごと》ベランダにこうもりがやってくるため、それもままならなかった。こうもりは甲高《かんだか》い声で一晩中鳴いて、大量のフンを残していった。私は朝、寝不足の汗だくでそのフンを掃除しながら、「なんか不自由で困ったなあ」と思っていたのである。

引っ越して半年経《た》った頃にNHKの集金のおじさんがやってきた。それまではテレビを所有していなかったのだが、友達から譲りうけたとたん、集金人がやってきたのだ。彼は玄関先で、テレビを持つ身分の人は速《すみ》やかに受信料を払えというようなことを言った。もっともな話であるものの、いかんせん私にはそのようなお金はなかった。正直にそう告げると、おじさんは「無一文《むいちもん》？」と訊《き》いた。私は財布を持ち出し、中身を見せた。たぶん四百円くらいだったと思う。おじさんはそれをじっと見た。それから少し首を伸ばして、部屋の中も窺《うかが》った。エアコンも食器棚も本棚も箪笥も洗濯機も扇風機もない部屋を遠慮なく見回して、「うーん」と短くうなった。そしてふいにいくつか質問をした。「学生さん？」いいえ。「働いてるの？」アルバイトを。「夢でもあるの？」いいえ。「あ、もしかして結婚間近とか？」いいえ。おじさんはもう一度「うーん」とうなった。それから財布のお金を見るのと同じ目つきで私を見て言った。

「じゃあ何のために貧乏してるの？」

その時のことは恐ろしいくらいはっきりと覚えている。なぜなら今までの不自由さに「貧乏」という名前がついた記念碑的瞬間であったからだ。すべてが一気に腑《ふ》に落ちた。人生、あれくらい腑に落ちることは、そうそうないだろうと思う。私は「water」と綴《つづ》った時のヘレン・ケラーか私かというぐらいだ。言い過ぎだ。自分の人生をとりたてて幸福でも不幸でもなかったが、その理由もわかった気がした。自分の人生を生きている自覚がなかったのだ。

おじさんが帰った後、夜にはやっぱりこうもりがやってきて、私はやつらの鳴き声を一晩中聞いた。朝になると「なんか貧乏で困ったなあ」と思いながらフンを掃除し、まっすぐ恋人の家へ行って別れを告げた。と、言えればカッコイイが本当は二週間ほどドロドロしてから別れを告げた。

特集　青春の貧乏ライフ『野性時代』二〇〇八年八月号

もみあげの孤独

　とある落語会の会場で、私はもみあげの深い孤独に触れていた。前に座った老紳士である。老紳士はもみあげを含む左耳上部の毛髪を伸ばすことにより、危《あや》うくなった頭頂部を覆うという髪型を採用していたのだが、その結果、両のもみあげが、右耳付近でわずかに重なり合う事態が出来《しゅったい》していた。

　最初、私はよかったなと思ったのである。頭髪の都合とはいえ、通常ならば一生叶《かな》うはずのなかったもみあげ同士の邂逅《かいこう》。よかったじゃないか。素直にそう考えて老紳士の後頭部ごしに高座《こうざ》を見つめていたのであるが、そのうちに何かが心に引っ掛かり始めた。右もみあげの存在である。見れば老紳士の右もみあげは、ほどよく調髪されている。おそらくそれが老紳士本来のスタイルであり、となると右もみあげはずっと「そういうもんだ」と思ってきたはずだ。「髪みたいに伸びないけど、髭(ひげ)みたいに剃(そ)られもしない俺(おれ)ら」。そこへある日、上部から毛髪が下りてくる。当然、彼は思うだろう。髪か。髪、伸ばしたか。

しかし、それは実のところ、左もみあげなのである。老紳士の命を受け、はるばる頭頂部を経て現れた左もみあげ。が、長年の調髪生活に慣れた右もみあげは、悲しいかなそれを仲間だとは認識できない。もみあげが伸びるという本能さえ忘れた彼は、ただ思う。「上のヤツら邪魔だな。すぐ伸びてきて」そして嘆息《たんそく》する。「でも羨《うらや》ましいよ、仲間が多くて。俺の相棒《あいぼう》は顔の向こう側だ」

そんな悲劇があろうか、という話である。まあ「上のヤツら」とて実際はそれほど仲間は多くないのだが、だから今の事態に陥《おちい》っているのだが、それはそれとして、独《ひと》りではないのに独りだと信じざるを得ない、もみあげの二重の孤独。その残《ざん》酷《こく》さを思うと、私の胸は痛んだ。改めて老紳士のもみあげを見る。毛先は確かに重なっている。ほら君は独りじゃない。思わず呟く私の声は、しかし落語会の笑い声にかき消され、もみあげには届かなかった。

暮らしの色々『野性時代』二〇〇八年六月号

ラーメンとの遭遇

食べられなかったラーメンがある。今から四十年以上前、まだ私が小さな子供だった時のことだ。

夜の八時、外出先で夕飯をとりそこねた両親と私は、駅前で一軒だけ開いていたラーメン屋をようやく見つけた。ファミレスもコンビニもない時代である。商店街の飲み屋の看板に混じって、「ラーメン」の提灯《ちょうちん》がぽつりと灯《とも》っていた。

出迎えてくれたのは人のよさそうな老夫婦である。本当なら店じまいの時間だったのだろう、私たちが入ると同時に、おばあさんが暖簾《のれん》をしまい入れた。テーブル席の調味料やグラスには、既に白い布が掛けられている。

よくある町のラーメン屋さんだが、ぎょっとしたのはその匂いだった。生臭《なまぐさ》いような獣《けもの》くさいような強い匂いが、店中に立ち込めていたのだ。スープを煮込んでいたのだろうと今ならわかる。しかし子供時代の私は正体不明の不気味な匂いに、怖《おじ》気《け》づいた。

店主夫妻は、とてもにこやかで親切である。けれども店の中は恐ろしく臭い。彼らに優しくされればされるほど、私は苦しくなった。胃も心もぎゅっと締め付けられ、泣きたい気持ちになる。両親がラーメンを注文してくれたが、とても食べられそうになかった。うなだれながら、なぜか私は読んだばかりの宮沢賢治《みやざわけんじ》の『注文の多い料理店』を思い出していた。夜の駅前、赤提灯やスナックの看板、しまい込まれた暖簾、白い布、不気味な匂い。物語の中で、衣服や持ち物を一つずつ剥《は》がされていく主人公たちのように、初めて目にする一つひとつの物たちが私を心細くさせていた。

結局、私はラーメンにほとんど手をつけなかった。「美味《おい》しくない？」とおじいさんに言われ、ぶんぶんとかぶりを振ったのを覚えている。おばあさんがガラスの冷蔵庫からジュースを出してくれた。遠慮する両親に「いいからいいから」と言い、私に小さく「ごめんね」と言った。私はまたぶんぶんと首を振った。

味力ある一皿43『新世』二〇一六年九月号

あやふやな世界の話を

毎日文章を書いて暮らしているが、未だに自分がどうしてここにいるのか、よくわかっていない。

十五年ほど前だったと思う。近所の電器屋で衝動買いみたいにしてパソコンを買った。暇だったのだ。当時の私は文芸誌の小説新人賞を受賞していたものの、仕事は少なく、ゲームばかりしていた。

そんな状況で、よくパソコン買ったなと自分でも呆れるが、結局それがきっかけで、私はネットの日記サイトに出会う。ＳＮＳはもちろんブログも普及していない時代、簡単に自分のページを作れる日記サイトは魅力だった。登録した瞬間、目の前に広大な平原が広がったのを覚えている。

「見て！　これ！　隅から隅までぜーんぶ私の場所！　何をどう書いてもいいの！

うははは！　夢の国かよ！」

自分だけの遊び場は輝いていた。ただ、問題もあった。日記サイトでありながら、私には日記を書く才能がないのだ。毎日の記録をこつこつ残す能力が皆無なのである。

考えた末、存在するかどうかもわからない人の、本当か嘘《うそ》かわからない日々を書こうと思った。タイトルは「なにがなにやら」、ハンドルネームは「モヘジ」。なにもかもあやふやな世界の話なら、私にも書ける気がした。

日記エッセーの流儀1『読売新聞』二〇一六年六月七日付夕刊

「変なこと」書く楽しみ

その時々の世相を個人の生活から映し出すのが日記だとしたら、私が「モヘジ」としてネットに書いていたのは、まったく日記ではなかったと思う。では何かというと「どうでもいいもの」だ。

モヘジの毎日は、どうでもいいものでできていた。お酒とか猫とかお酒とかテレビとかお酒とかである。お酒が好きなのだ。時にはふらりと死んだ人に会いに行ったり、晴れた日に自分の影を切り取って手入れをしたりもした。そうやって現実と創作との境目を曖昧《あいまい》にすることで、世界の多様性を表現しようとしたのである……ということは全然なくて、単に「どうでもいいけど変なこと」を書いてみたかったのだ。

「どうでもいいけど変なこと」は楽しい。一見ふざけたことと似ているため、叱られることもあったが、日々の慌ただしさや辛《つら》さの陰に隠れているそれを引っ張りだして、「こんなところに変なのがいたよ」と見せるのは、書く楽しみそのものでもあった。

そうして書き続けた「日記」は、やがて地元出版社の寿郎社《じゆろうしや》から書籍化された。本は売れなかったが、その売れない本を読んだ毎日新聞社の編集者から、今度は週刊誌連載の話があった。世の中やっぱり変なことばかりだと思った。

日記エッセーの流儀２『読売新聞』二〇一六年六月十四日付夕刊

気になる日常の裏側

実は私は仕事が遅い。ふだん「河童《かっぱ》の国にマヨネーズを伝えて食の革命を起こし、英雄と呼ばれたい」といった類《たぐい》の文章しか書いていないのに不思議だが、でも本当に遅い。「裂け目」を覗《のぞ》いている時間が長過ぎるのかもしれない。

日常には裂け目がある。単調で冗長《じょうちょう》に見える日々の、微《かす》かな隙間《すきま》のようなものだ。その奥にあるのは、現実とよく似ているけれどどこかがズレた世界。日常の裏側とでもいうべきそこが、私は気になって仕方がない。

裂け目はあちこちに現れる。日々の中で「あれ?」と一瞬引っかかるあたりがもっとも怪しい。「あれ?」を辿《たど》って裂け目を見つけ、そこから中を覗き込む。すると現実のような非現実のような奇妙な世界に、小さなズレの尻尾《しっぽ》が見えるのだ。尻尾は実にすばしこい。目を離すとすぐに紛《まぎ》れてしまう。私は息を潜《ひそ》めて手を伸ばし、必死の思いで暴れるそいつを捕《つか》まえる。そして埃《ほこり》を払い、体裁《ていさい》を整えて、こちら側の世界へ放つ。つまりはそれが、私にとって文章を書くということなのである。

そんな風に出来上がった原稿が、「河童の国にマヨネーズ」であることはどうも釈然《しゃくぜん》としないが、いつか日常の裏の世界の全貌《ぜんぼう》を明らかにできる日が来るかもとは思っている。

日記エッセーの流儀3『読売新聞』二〇一六年六月二十一日付夕刊

どんな時も笑い飛ばす

小学生の頃、夏休みの宿題に「日記」が出たことがある。毎日一行でもいいと言われ、素直な三日坊主の私は「昨日と同じ」「いつもと同じ」という一行報告に、時々「スイカを食べました」などのアリバイ的文言を挟んだ日記を提出した。

そのせいか、新学期になって突然、「今日の一日を明日の自分に活《い》かすことが日記の意義である」といった主旨の説明が為《な》された。それ、先に言ってよ……と大人になった私は思うが、当時は素直に「そんな面倒な話なら、私には一生日記なんて無理だ」と諦《あきら》めたのである。

あの頃と考えが変わったわけではない。が、さまざまな偶然と必然が絡《から》まり、現在の私は日々「日記のようなもの」を書いている。ネットで発表し始めた当初は、ぱっとしない生活を自分でも笑い飛ばししながら書いた。無理をしていたのではなく、「どんな毎日にもバカバカしくて笑えることがある」と信じていたからだ。そして「どんな毎日にも笑えることを見つけることができる」と信じ続けたかったからだ。

「宇宙戦争が起きても今日見たドラマのことを書いていそう」と言われたことがある。まあ、宇宙戦争の時はドラマ放送は中止だろうけど、本望《ほんもう》である。

日記エッセーの流儀4『読売新聞』二〇一六年六月二十八日付夕刊

記録する人

　必要があって、今年に入ってから日記をつけるようになった。日記といっても簡単なメモ程度で、その日見たテレビ番組（女子陸上長距離界が松野明美《まつのあけみ》に代わってテレビ界に送り込んだ千葉真子《ちばまさこ》の破壊力）とか、その日あった心に残る出来事（たまにスーパーで見かける中年女性が誰かに似ているとずっと思っていたが、マッコウクジラだった）などを、箇条書きで記す程度である。

　しかし、これがなかなか大変なのだ。もともと感情的にもイベント的にも起伏の少ない生活を送っているため、心動く出来事がそうあるわけではない。道端に咲く小さな花なども性格上どうでもいいし、夜の深淵《しんえん》をひとり覗いたりする前に酒呑《さけの》んで寝ちゃう。若ければポエムの一つも気合いで捻《ひね》り出すところだが、それは数十年前に実生活でさんざんやって今は思い返すだけで死にたくなるというか、そもそも若くない。

　必然的に日記帳は余白が目立ち、そうこうするうちに、かつて同じ大学に通っていたA君のことばかり思い出すようになった。正確には、彼が持ち歩いていた手帳のことばかり考えるようになった。黒い表紙の小ぶりの手帳。何の変哲もないそれに、彼は日々の食事メニューをひたすら書き込んでいたのである。

　中を見せてもらったことが一度だけある。開いた瞬間、息を呑んだ。

『×月×日白ご飯豆腐《とうふ》の味噌汁《みそしる》（ぬるい）納豆《なっとう》生卵ふりかけ沢庵《たくあん》お茶、月見うどんカレー（肉少ない）、白ご飯南瓜《かぼちゃ》の味噌汁鯵《あじ》フライキャベツ肉じゃが漬物《つけもの》。×月×日白ご飯大根の味噌汁（ぬるい）目玉焼き（固い）野菜サラダ春巻きふりかけしば漬お茶』

　ページ一面に米粒のような小さな字で、日付と献立がぎっしり書き連ねてある。改行や空白はほとんどなく、そこに時折挟まれる（ぬるい）や（肉少ない）の文字が妙な緊張感をもって迫ってきた。

　尋ねたいことはいろいろあった。どうしてこんなことをしているのか、彼が住んでいるという賄《まかな》い付きの下宿のご飯が不満なのか、単なる習慣なのか、あるいは何かの食事療法中なのか、いつまで続けるつもりなのか、結婚しても奥さんの料理を

(ぬるい)と記すのか。けれども経文のような手帳の迫力に圧倒され、結局、私は何も訊くことができなかった。できたのは、なぜか大笑いすることだけで、そんな私に怒るでもなく、「これ、記録だから」と静かに彼は言った。

日記をつけるようになって、毎晩のように彼の手帳のことを考える。彼の記録への熱意と誠意を思い出す。それから、なんとなく祈るような気持ちになる。

たとえば二千年後、彼の手帳と私の日記が、同じ「過去の記録」で括《くく》られることがありませんように。彼の経文食事手帳は博物館に、そして私の余白マッコウクジラ日記はメモ帳として再利用されますように。

メモ帳は、彼に似たメモ好きの未来人に使ってもらえれば本望である。

Author's Eyes『文學界』二〇一三年十月号

今年の目標

一月の半ば、迷いに迷った末に今年の目標を決めた。

「日めくりを毎日めくる」

冗談などではない。日めくりから目を逸《そ》らし、それでいて日めくりに支配される生活に疲れてしまったのだ。

思えば、去年は五月十四日であった。我が家の、というか私の日めくりカレンダーの最終更新日である。なぜそんなことになってしまったかはわからない。私だって当初はやる気に満ち溢《あふ》れていたのだ。新年にふさわしい新しい気持ちで、さあ頑張ろうと「一月一日」のページを破り取ったのだ。

その気持ちを忘れたつもりはない。が、悲しいかな、人とは堕落する生き物である。携帯のメールを見る角度が変わったことだけで浮気が妻にバレた人を知っているが、人生はいつだってそんな些細《ささい》な出来事から崩れ始める。たとえば二日酔い。あるいは一泊旅行。はじめは理由のあったその「めくらない」一日が、理由のない二日のサボりとなるのにさほど時間はかからない。それが一週間となり二週間となり一ヶ月となるのにも。

一ヶ月分の日めくりを一度にめくったことがあるだろうか。つらい作業である。物事をコツコツと続けることができない自分に向き合いながら、過ぎ去った日々を自らの手で葬《ほうむ》る。この日もこの日もこの日も私はカレンダーすらめくれなかったのだと、仕事するふりしてソリティア三時間やって疲れて昼寝する暇はあったけれども日めくりはめくれなかったのだと、いちいち思い知る。自分の業《ごう》を見せつけられるようで胸が痛い。虚《むな》しさが押し寄せ、やがて猛烈に手がだるくなる。

そんなことを幾度か繰り返し、昨年の五月十四日、遂《つい》に私は力尽きた。机の隅《すみ》に置かれた日めくりは時を止め、私はそれを直視できなくなった。むろん「ないもの」として扱うことにも、今は五月だと思い込むことにも失敗した。気になるけれども触れられない禍々《まがまが》しい存在。時を止めた日めくりは私の業そのものなのである。

年が変わり、再び日めくりと向き合う日々がはじまった。今のところ順調だ。ここ五年ほど、まあ無理だろうけれどもとりあえずアリバイ的に掲げていた「シメキリを守る」という目標よりは達成できる気がしてならない。

オン・ステージ『ジェイ・ノベル』二〇一四年三月号

電気炊飯器の絶望

結局、電気炊飯器界は歯ブラシ界から何も学んではいなかった。冬の昼下がり、とある電器店の炊飯器売り場で私はそれを知った。

明るく広いフロア。そこでいきなり突きつけられた「かまど派か土鍋《どなべ》派か」という二大派閥問題。私は狼狽《ろうばい》した。もちろん意味などわからない。わからないが、かつて「お米が立つ」ことを第一義としたような牧歌的時代は、どうやら失われて既に久しいようであった。「し、しいていえば炊飯器派？」しかしどうもそういう話でもないらしかった。

それで私は、しばし立ち尽くした。気持ちを落ち着けて、事態を把握しようと試みる。が、把握できたのは、さらなる問題の存在でしかなかった。派閥解決の先に待つ、細分化の闇《やみ》。「圧力」か「高温スチーム」か「ＩＨ」か、あるいは「旨《うま》み」

か「ツヤ」か「銀シャリ」か「ふっくら」か「しゃきしゃき」か「パンも焼けます」か「おどり炊き」か。いや「おどり炊き」って立つだけじゃ飽き足らず、あげく踊るか米、という驚きは別にして、選んでも選んでも果ての見えない、まるで蟻《あり》地獄のような無限の選択肢。

その道のりに足がすくんだ。磨きあげられた床に貼《は》り付くように立ちながら、結局、とつぶやく。結局、電気炊飯器界は歯ブラシ界から何も学んではいなかったのだ。一時期の歯ブラシ界の狂乱が胸をよぎる。ヘッドが丸かったり小さかったり歯の奥だったり隙間だったり歯周《ししゅう》ポケットだったり山切りだったり電動だったりした日々。いっそ一本一本違う歯ブラシで磨けってか、というあの混沌《こんとん》の時代から、電気炊飯器界は学ばなかった。思い出してほしい。世の中に完璧な歯ブラシなどないことを。特化はある種の退化に過ぎないことを。昔、「人殺し以外なら何でもできる」と外国製の十徳《じっとく》ナイフを自慢していたタナカ先輩の車が雪に埋まった時、「ナイフで掘り出せばいいんじゃないですか、何でもできるんだから」と言ったら大喧嘩《おおげんか》になったけれども、しかしタナカ先輩は正しかったことを。つまり世界は細分化ではなく、十徳ナイフの如《ごと》く一本化へ向かうべきであることを。

絶望が襲う。やはり無理だと思った。未だ歯ブラシすら自信を持って選べない私に、炊飯器は無理だ。私はおのれの無力を静かに悟り、店員さんを呼んだ。すべての選択を彼に委ねよう。彼の勧める物を押し戴《いただ》いて帰ろう。そう決意して、小走りで近づく彼を待った。直後、「ガス炊飯器もお勧めですよ」とまったく新しい概念と混乱をもたらすことも知らず、すがるような気持ちで彼を待った。

ウッカリショッピング18『小説すばる』二〇〇八年四月号

国鉄青森駅の思い出

結局、青森駅ホームの立ち食い蕎麦《そば》を、私は未だきちんと食べたことがない。きちんと、というのは一人カウンターへ向かい、メニューを決め、注文し、待ち、出来上がりを素早くすすり、軽《かろ》やかに「ごちそうさま」と声をかけて立ち去るという一般的手順を経て、ということである。

チャンスは何度もあった。青函《せいかん》トンネル完成前だった大学時代、陸路で実家のある札幌と大学のある関西地方を往復するには、必ず青森で足をとめなければならなかったからである。帰省のために京都から一晩寝台列車に揺られて青森駅に立つ。そこからさらに連絡船と特急列車。長い移動の合間の蕎麦は心の安らぎとなるはずだった。

それを実行にうつせなかったのは、ひとえに私が若かったからである。立ち食い蕎麦を食している人の大半は中年男性であり、そこに加わるのはどうにも気恥ずかしかった。メニュー決定から「ごちそうさま」に至る一連の流れ、あれを自然にこなせる自信もなかった。寝台列車の中でイメージトレーニングをしたことを覚えている。落ち着いてメニューを決める。落ち着いて注文する。落ち着いて待つ。落ち着いて食べる。落ち着いてごちそうさまを言う。それでもいざとなると怖じ気《おけ》づき、カウンターを横目にすごすごと連絡船乗り場へ向かった。

私が実際、立ち食い蕎麦を手にしたのは、だから四年間で一度だけである。

その日の決意は固かった。今日こそは、なにがなんでも蕎麦を食べよう。そのためにはイメトレどおり落ち着こう。言い聞かせながら向かったカウンターで、しかし、おばちゃんの一言により、私は瞬時に落ち着きを失うことになる。

「持ってく?」

「え?」

「持ってくの?」

「えーと、え」

「だから持ってく?」

「は、はい」

乙女《おとめ》は予想外の出来事に弱い。よくわからないまま頷《うなず》くと、おばちゃんは蕎麦を発泡《はっぽう》スチロールの器によそった。それがつまり列車への持ち込み用容器だということはすぐ理解したが、問題は寝台特急を降りたばかりの私は持ち込むべき列車を持たないことだった。どこで食べればいいのだろう。

器を手にしばらく呆然《ぼうぜん》とした。そのままカウンターでという恥ずかしい選択肢は乙女にはない。結局、階段の隅に腰掛けて蕎麦をすすった。「姉さん、こんなとこで何？」。通りすがりのおじいさんに声をかけられ、「ちょっと乙女をこじらせて」と言えるはずもなく、私はただ曖昧に笑った。十年後、立ち飲み屋での一人昼酒すら平気な女になることなど想像もできず、私は立ち食い蕎麦すらこなせない自分の恥じらいを恥じていた。冬の青森駅だった。

思い出ステーション『小説すばる』二〇一〇年五月号

未知の風景を目の前にして

中学二年の大晦日《おおみそか》のことだった。絵に描いたような昭和の子供部屋で、私は生まれて初めて「ずっとなんてない」と気づいた。ベッドに潜《もぐ》り込み、除夜《じょや》の鐘《かね》を聞きながら、「あ、そうか。私はずっと中学生じゃないし、ずっとこのダサい子供部屋に住むわけでもないし、ずっと死なないわけじゃないのだ」と、突如として理屈ではなく実感したのだ。

ずいぶん遅い物心だと思う。遅いだけじゃなく、鈍いとも思う。今から考えれば、「今日のことを忘れず、今後は日々精進《しょうじん》すべし。さすればアラブの石油王との出会いなども含めた、成功と栄光に満ち溢れた人生が待ち受けているかもしれぬ」という大晦日の啓示でしかないが、当時はそんなことは思いつきもしなかった。胸に浮かんだのは、どこに運ばれていくのだろうという漠然《ばくぜん》とした不安だけである。

数十年後、この子供部屋から私はどこに運ばれているのだろう。明るい場所だろうか、暗い場所だろうか、暖かいだろうか、寒いだろうか、誰か他に人はいるだろうか。そこで私は何をしているのだろう。

思わず目をとじると、大きな河が浮かんだ。川幅は向こう岸が見えないほど広く、流れはゆったりとしている。そこをひとり下っていく私。人生などという大《おお》仰《ぎょう》な言葉をそれまで意識したことはなかったが、なるほど人はこんなふうに人生の河を運ばれていくのかと、その時初めて納得したのだ。

だから、人生を「縦」に捉《とら》えている人がいると知った時は、いささか驚いた。階段を一段一段のぼっていくような、たとえば「×歳までにしておくべきこと」や「×歳までに××な自分になる」といった考え方をする人たちである。彼ら「縦の人」が見る景色を私は想像する。歳を重ねるごとに広く遠くなっていく眼下の眺め。と同時に少しずつ近づく空。十年ごとに現れる区切りの踊り場で、息を整えながら彼らが目にする光景は、私が生涯見ることのないものだろう。

私の場合、景色はいつも「横」を通り過ぎていく。大きな河を、自分の意志とは別の力で運ばれていくからだ。時々流れに逆らってみることはあっても、すぐに力尽きる。望んだ方角にはなかなか行けず、雨や地形の具合によって、思わぬ岸にたどり着くことがほとんどだ。辺鄙《へんぴ》な河原に放り出されて、風は強いし、お腹はすくし、近くに店はないし、靴を片方失《な》くしたし、と困ることもしょっちゅうある。むしろ見知らぬ場所で途方に暮れるところから、何かの「第一歩」がはじまるといっていい。

そんなふうにして、五十代の河原にも運ばれた。着いてみると、ここもなかなか大変である。なんか知らんが身体は痛いし、肩は上がらないし、小さい字は読めないし、酒は弱くなるし、同じ本を二冊買っちゃうし、親の介護は現実味を帯びてくるし、すぐ疲れるし、全然痩《や》せない。そういう年齢の場所なのだ。正直、勘弁《かんべん》してよと思わないこともないけれど、まあ、仕方がない。我々「横の人」にとって、見えるのは軌跡《きせき》ではなく、未知の風景だ。河原にはいつだって未知の風景が広がっているものなのだ。

横型の人生には踊り場がないせいか、はっきりとした年齢の区切りを、実は私はあまり意識したことがない。それがいいことか悪いことかはわからない。ただ、今でも時々あの大晦日の夜を思い出し、「そこは明るい場所か、寒くはないか」と未来に怯《おび》える中学生の自分に、声をかけたいと思うことがある。「暗くて寒くて心細いに決まってんだろ」と。けれども、どんなに暗く寒い河原にも、きれいな花の一輪くらいはきっと咲いている。その花を信じて探しだす気持ちを忘れなければ、横型の人生から見える景色もそう悪くない、と。

エッセイ　50歳からどう暮らそう？『ＰＨＰスペシャル』二〇一六年四月増刊号

第二章　相撲好きにもホドがある

象を見る日

時々、「相撲《すもう》のための完璧な一日」というものについて考える。朝から晩まで、正確には前相撲から結びの一番まで、誰にも何にも邪魔されず、ただもうひたすら相撲を観《み》て過ごす日のことである。夢のように楽しいだろうなあと思い、けれども鬼のように体力を消耗するだろうなあとも思う。でもどちらにしても幸せな日になるのは間違いないだろうと、うっとり確信する。

いつから、どうして、そんなことを考えるようになったのか、きっかけは覚えていない。というか、そもそもきっかけなどなかった気もする。しいていえば、テレビの相撲中継を観るたびに湧《わ》き上がる「全部じゃない」感じ、あれが少しずつ澱《おり》のように気持ちの底に溜《た》まったせいかもしれない。

改めて言うまでもないが、テレビの相撲中継は全然「全部」ではない。むしろ猛烈に「途中から」だ。今現在、ＢＳ放送でも午後一時、地上波に至っては午後三時、十両《じゅうりょう》土俵入りもとっくに終わった頃になって、ようやく中継が始まる。昔は、というのはまだ相撲に興味も関心もなかった子供の頃のことであるが、その夕方からの二時間なり三時間なりの「次々とお相撲さんが出てきて、のこったのこったと取っ組み合い、最後、座布団を派手に飛ばせたりして帰っていく」という時間が相撲のすべてだと信じていた。相撲というスポーツの一切合財《いっさいがっさい》が二時間ドラマのようにそこにすっぽり収まると思っていたのだ。

無理もないと思う。まさか朝の八時や九時から延々同じようなこと（次々とお相撲さんが出てきて、のこったのこったと取っ組み合い、でもまだ座布団は飛ばさない）が繰り広げられているなんて、そして毎日その最後の方をちょっとだけ放送しているなんて、無垢《むく》な子供にはなかなか想像がつかない。そもそも相撲の開催システム自体が謎《なぞ》であった。やるとなったら続けてやるくせに、やらないとなったら何日もやらない。法則がまったく読めず、どこかの偉いおじさんたちが月初めに籤《くじ》でも引いて決めるのかと思っていた。チャンネルをがちゃがちゃ回した拍子に相撲が映ると、だから「今月にハズレを引いちゃったんだな」と密《ひそ》かに同情していた。相撲は「ハズレ籤」であったのである。

しかし、新弟子が稽古《けいこ》を積んで立派な関取《せきとり》になるように、人はやがて大人になって真実を知る。本場所開催には籤引きには依《よ》らない厳格なルールがあり（そりゃそうだ）、テレビに映らない時間帯にも一所懸命相撲を取っている人がいると理解する。なるほど、私が相撲だと思っていたのは、単に象《ぞう》の尻尾《しっぽ》の先にしかすぎず、その向こうには巨大な脚や背中や長い鼻が隠れていたのだ。

「ならば、その見えない部分もひっくるめた本場所すべてを味わってみたい」

そう考えるのは極めて自然なことであろう。いつしか私は、自分の一日を丸ごと相撲に捧《ささ》げる日を夢見るようになっていた。仕事も家事も放り出して、朝から晩まで相撲三昧《ざんまい》。もちろん実際問題として、事はそう単純ではないことはわかっている。一日を丸ごとと言っても、テレビ中継は猛烈に「途中から」であるし、本場所に足を運ぼうにも私の住む街からはどこも遠い。行って行けないことはないが、そして実際行ったこともあるが、行ったら行ったで朝一番の取り組みから夕方六時までをそこで過ごすのは、やはり大変だと思う。今や私は無垢な子供ではなく、すぐに疲れるおばちゃんになってしまったのだ。

できれば慣れ親しんだ我が家のテレビで朝からだらだら相撲が観たい。

無理を承知で行き着くのはやはりそこである。理想としては、午前八時十五分、朝の連続テレビ小説を見終わった頃から、その夢の一日を始めたい。

季節は夏。具体的な日をあげるとしたら、七月場所の五日目あたりであろうか。とにかくビールの美味《おい》しい季節であるし、観客がヤケクソのようにぱたぱた団扇《うちわ》や扇子《せんす》を使う名古屋場所の景色も嫌いではない。五日目だから優勝争いはまだ差し迫ってはおらず、しかし気を抜くと応援している稀勢《きせ》の里《さと》が下位力士相手にぽろりと星を落とす頃合いである。リラックスの中にも「ちょっと目を離すと平幕《ひらまく》に負けちゃうよ」という緊張感が漂っていて、我ながらいい選択だと思う。

早起きをして、朝食を軽く済ませる。この時、できれば昼の分のお弁当も作っておきたい。自宅とはいえ、せっかくの相撲見物である。取組の途中で台所に立って、インスタントラーメンをぐつぐつ煮たりする野暮《やぼ》は避けたい。気合いを入れたお弁当。中身は前にネットで見た「稀勢の里弁当」の再現だ。料理は好きでもなんでもないが、というか稀勢の里弁当に入っているという栗《くり》の甘露煮《かんろに》も好きでもなんでもないが、というか栗は天津《てんしん》甘栗が一番美味しいので世の中の栗は全部天津甘栗にしてしまえばいいと思うが、なにしろ相撲に捧げた一日である。心意気としてそれくらいは示しておかねばなるまい。

見よう見まねのお弁当が完成したところで、テレビの前に移動する。いよいよと気持ちも昂《たか》ぶるが、その前に確実に済ませておきたいのが人払いだ。「おまえは一日中何をやっているのだ」と小言《こごと》を言ったり、「二時から『相棒《あいぼう》』の再放送を見せてほしい」と懇願したりする可能性のある家族には、あらかじめ外出してもらわねばならない。時と場合によっては小遣いという名の賄賂《わいろ》も必要となるだろうが、そこは大事の前の小事。相撲への愛を見せつけるくらいの心意気で景気よくいくべきである。

さて、これですべての準備が整った。満を持しての放送開始である。

思わず正座する私。ドキドキして覗《のぞ》き込む画面の向こうには、おそらく今まで見たこともないような土俵の表情が映し出されるはずだ。会場に観客の姿はほとんどないだろう。照明もまだ薄暗い。そこに、若い見知らぬ男たちが次々と姿を現す。彼らは身体こそ大きいが、どこかまだ頼りなさげだ。関取たちのような自らの大きさ美しさを魅せる術《すべ》を持たず、ひょいと土俵に上がっては、ぱたぱたと組み合って、すぐに去っていく。勝っても敗けても実にあっけない。瞬《まばた》きをしているうちにもう土俵上の人が入れ替わっていたりして、どこか流れ作業的ですらある。

それでも、と私は思う。これがあの「象の本体」なのだ。今まで尻尾の先だけを眺《なが》めて喜んだりがっかりしていた相撲の「はじまり」なのだ。まるで黄河《こうが》の源流の最初の一滴を探り当てたような厳粛《げんしゅく》な気持ちになり、私は最初のビールを開ける。

いや、だからここは開けるでしょう。まだ朝の八時半だけれども。

朝のお酒は回る。回るが、今日はそんなことを気にしなくてもいい。なにしろ相撲に捧げた一日なのだ。私はビールを飲み、取組を眺め、名前も顔も知らなかった男たちに声援をおくる。お腹がすいたといっては稀勢の里弁当もどきを食べ、窓からの風が気持ちいいといってはまたビールを飲み、疲れたといっては少し眠る。相撲のゆったりとした流れの中で、人は何をしたってかまわない。象はそんなことくらいではびくともしないのだ。

気がつけば時間の感覚は消えている。今が朝なのか昼なのか、それとも午後なのかわからないまま、ただ土俵の息遣いだけが耳に残る。そんな一日を過ごしていると、相撲は「風景」だとしみじみ思う。よみがえるのはいくつもの懐かしい場面だ。祖母の家の古い茶の間で「相撲観るか?」と猫に話しかけながらチャンネルを回す伯父《おじ》、習字教室の帰り道にどこかの家から聞こえた「横綱、敗《やぶ》れました!」の馬鹿みたいに大きなアナウンサーの声、母親に連れられて入った食堂の小さなテレビに映る横綱土俵入り、ぱちぱちと拍手する食堂のおばあさん。

私はほとんど相撲の気配のない家で育ったが、それでもこうして相撲の断片が記憶の奥深く、ひっそり静かに眠っていることに時々とても驚く。

それは本当に風景の一部のように鮮やかに私の記憶を彩《いろど》り、もしかすると相撲の神様が特別に手を加えたのではないかと疑いたくなるくらいだ。だとしたら、と私は思う。私が今こうして観ている相撲も、ほかの誰か、たとえばさっき窓の下をお喋《しゃべ》りしながら通り過ぎた子供たちの心に残ることもあるのかもしれない。何十年か後、彼らはふとした拍子に見知らぬ家から漏れ出た相撲の気配を思い出すのだ。もちろん相撲の神様の仕業である。

ふいにテレビの中から歓声が聞こえる。目を向けると中入《なかい》り後、いつのまにか観客も増え、流れ作業的だった土俵は今や別の場所のような華やかさに縁取られている。もうすぐ長かった一日が終わるのだ。夕飯はどうしよう。このまま飲みに行っちゃおうか。ちらりと浮かんだ現実世界をすぐに打ち消して、私は改めてテレビに向き直る。いや、その前に稀勢の里だ。稀勢の里はきっちり勝ってくれるだろうか。


『相撲ファン』Vol.01　二〇一五年一月

いくつもの扉を開いて

お相撲さんの子供時代の写真を見るのが好きだ。といっても力士の知り合いや友だちがいるわけではないので、テレビや雑誌で紹介されるのを待つしかないのだが、だからこそ偶然目にした時は本当に嬉《うれ》しい。「ふほっ」などと妙な声を発しつつ、全神経を集中して、食い入るように見つめてしまう。

もちろん写真なら何でもいいわけではない。私にも一応、理想というか好みがある。家庭でのスナップ写真。これは微笑《ほほえ》ましいけれど、さほど心は惹《ひ》かれない。誕生日ケーキを前ににこにこ笑ったりしている五歳当時の関取もたしかにかわいらしいが、たいていは単独、せいぜい家族と一緒に写っているだけで、それでは関取の実力が全然発揮できていない。ちびっこ相撲で活躍中の写真というのもわりとあって、これは家族写真よりは登場人物も多く、時々「おおっ！」と思わせはするものの、実力発揮という意味ではやはり物足りない。では何がいいかというと、幼稚園や小学校のクラス写真である。どこに誰がいるのか本人にしか判別できないような豆粒みたいな子供たちの中で、後の関取となる子が生真面目《きまじめ》な顔をしてカメラの方を向いている、というのが理想である。

今まで何度かそういった集合写真を見る機会があった。どれもがいい写真であった。なにしろ自力で関取を探せないのである。いや、本当に探せないのだ、別格すぎて。「身体の大きな子供」を見つけようとすると、脳が無意識に「これは子供じゃない」と判断するのか、まずわからない。じゃあ大人を探せばいいかというと、そこはやはり先生や引率者に目が行ってしまう。「あれ？　どこ？　もっと後ろ？　あれ？」とおろおろしているうちに、テレビであればアナウンサーが「この子が関取ですね、大きいですねえ」と正解を教えてくれるのだが、「ふほっ」と声が出るのは、たいていこの瞬間だ。アップになった「この子」が信じられないサイズなのである。彼の周りだけ、まるで縮尺の異なる別の写真を嵌《は》め込んだかのようだ。「素晴らしい体格ですね」などとアナウンサーは褒《ほ》めるが、どう見ても違うのは体格ではなく、縮尺である。写真の中で彼だけ世界が違う。

その特殊な縮尺の向こうから、子供時代の関取はじっとこちらを見ている。幼さの宿る丸い瞳《ひとみ》。そこに何が映っているのだろうかと私は思う。

子供の頃、早く大人になりたかった。大人になったらいろんなことが自然にちゃんとできるようになるのだと思っていた。難しい漢字がすらすら読めるようになって、外国語が喋れるようになって、知らない人にも恥ずかしがらずに挨拶《あいさつ》できて、歌がうまくなって、トマトが食べられるようになって、牛乳も飲めるようになって、足が速くなって、背が高くなって、美人になる。あとまだ何かあったような気がするが、とにかくそんな未来がいつのまにか手に入るのだと思っていた。

不憫《ふびん》な子供だったのだなあと思う。チビだったし、不器用だったし、できないことわからないことだらけだった。子供というのは誰でもそうかもしれないが、だからいつでも心細かった。独りで留守番をするのも心細い、おつかいに行くのも心細い、日が暮れて暗くなっただけで心細い、そこでうっかりお化《ば》けのことなんか考えたら前後不覚になるくらい心細い、学校に行くのは心細くなかったが心細くなくなるまではずいぶん時間がかかった。周りを高い壁に囲まれているようなそんな不自由さから、大人になったら自動的に解放されると無邪気に信じていた。人生のどこかの地点に扉のようなものがあって、そこを開けると「別世界」に行ける、別世界での自分は強くて賢くて何でもできて、それが大人になるということなのだ、と。

そんなバカな。

と気づいたのだったかどうだったか。いずれにせよ、私はいつしか夢物語のような別世界幻想に別れを告げた。そしてごく普通の中学高校生活を送り、ひとりでに頭が良くなることなどないのだと思い知りつつ大学へ進んだ。相撲と出会ったのは、大学生活も後半の頃である。当時つきあっていた人が相撲好きで、たまたま本場所期間中に遊びに行った時に、延々テレビの相撲中継を観せられたのだ。私の育った家では家族の誰も相撲を観る習慣がなかったため、相撲中継を最初から最後までみっしり観たのは、だからその日が生まれて初めてだった。

今でも、相撲のルールがシンプルでよかったとつくづく思う。じゃなければ、私はすぐに飽きて、本を読むか散歩に出るか、とにかく何か別のことをはじめてしまっていただろう。ルールが単純で勝負が早くておまけに仕切の間にトイレに行ける、という相撲の特性が、私を結びの一番までテレビの前に置いたといえる。

初めて観た相撲は発見の連続だった。まず、力士の人数が思っていたより多かった。まあ実際は力士の人数についてなど考えたこともなかったから「思ったより」もなにもないのだが、それでも一人一番しか相撲を取らないのに、次々とお相撲さんが現れることに感心した。念のため、どこかに相撲取りの湧く泉でもあるのかと尋ねてみたが、そういった噂《うわさ》は一度も聞いたことがないということだったので、やっぱりたいしたものだと思った。それから、お相撲さんたちが案外身軽なのにも驚いた。あんなに重そうな身体で、土俵の上を縦横無尽に動きまわる。取組というのは、もっとこう全体的にどっしりもっさりしたものかと漠然《ばくぜん》と想像していた私は、その力強くも軽い身のこなしに目を奪われた。

そしてもっとも衝撃的だったのが、人間なのに和菓子に似ていることだった。もちろん全員が全員ではないし、ぱっと見はよくわからない。けれども長い時間眺めていると、力士の身体つきの向こうにだんだんもやっと何かが見えてくる。何だろう、何だろう、何かに似ているんだけど。そう考えて「あ、和菓子だ」と思いついた時、さすがの私も一度は否定した。いやいやいやいや、人間なのに和菓子って、あんた。しかも屈強な男たちに、ちょっと。

けれども人というのは恐ろしいもので、一旦思いついてしまうと、なかなかその考えを払拭《ふっしょく》できないものである。饅頭《まんじゅう》、柏餅《かしわもち》、すあま、白玉《しらたま》、大福。見れば見るほど、お相撲さんは和菓子に似ていた。きれいだなあと思った。和菓子に似ているということは美しいということである。実際、後から出てくる人であればあるほど、つまりは番付《ばんづけ》が上であればあるほど、その身体つきはつやつやとした輝きを増すように思えた。

当たり前だ、と気づくのはもう少し相撲を知ってからである。

体重を増やしながら、しかしスピードは失わず、なおかつ瞬発力を鍛え、そのうえでできるだけスタミナも維持する。

力士というのは信じられないような境地を目指して、日々稽古を積んでいる人々である。相撲好きを公言すると「太ってる人が好きなんでしょ?」とからかい半分に言われることがよくあるが、いやいや何を寝ぼけたことをといつも思う。ごらん、あの立派な和菓子を。あれは、実際の力士は強い意志と努力で、自分の身体をぎりぎりまでコントロールした結果のフォルムなのだ。コントロールに失敗すると番付は落ちていく。それは力士にとって死活問題であり、野放図《のほうず》にただ太っているのとはわけが違うのだよ。

一応、説明を試みるが、誰もが納得するとは限らない。でもまあ仕方ないとも思う。映画『男はつらいよ』を観て寅《とら》さんの姿に泣いたり笑ったりしているうちはまだ子供、あんな人が親戚にいたらどれだけ大変だろうと心の底がざわつくようになってからが大人、という暗黙の了解が我が国にはあるが(ないですか)、同じように力士の体型の美しさに気づかないうちは子供なのだ。我々大人は、子供にはわからない境地から相撲を眺めていればいいのである。

いずれにせよ、初めて相撲を観て、勝ち負けとは別のところでの魅力をおぼろげながら知ったのは幸運だった。もし、あの日、相撲を観なかったら……という問いに意味はないが、でも、確実に人生の楽しみの何割かは減っていたはずだ。和菓子的奥深さにも触れられなかっただろう。

あれからずいぶん時は流れた。当時つきあっていた人とはとっくに別れ、土俵の顔ぶれもかなり様変わりしてしまったが、相撲を観る習慣だけは残った。

最近では、力士の姿にふと「別世界」のことを考える。子供の頃それぞれが夢見た別世界に、彼らはちゃんといるのではないかと思うのだ。もちろんそれは私が夢想していたような「扉を開ければほらそこに」という都合のいいものではなく、才能と努力と意志によってのみ行き着くことのできる場所だ。自分一人の力で立った、自分一人だけの場所。

集合写真に写った大きな少年の丸い瞳を私は思い出す。チビで非力だった私とはまた異なる種類の不自由さ心細さを、縮尺さえ違う彼らもきっと抱えていただろう。そこから解放され、別世界に続く道を彼らはいつ知ったのだろう。
窮屈《きゅうくつ》そうな集合写真の少年に尋ねてみたい、と、だから私は思う。その目には何が映っていますか。いずれ行くべき別世界はもう見えていますか、と。

『相撲ファン』Vol.02　二〇一五年九月

再会

新年早々こんな話をするのも気が引けるが、去年の九月場所、テレビに映る国技館の客席に死んだ伯父がいるのを見た。実際にはもちろん伯父ではなく、伯父によく似た佇《たたず》まいの別人なのだろうが、たとえそうだとしても大昔に亡くなった伯父の姿を、久しぶりに目の当《ま》たりにして（していない）、思わず目を奪われてしまった。伯父によく似た人は、常時ではないものの、カメラの向き次第でわりとちょくちょく映るという、絶妙に姪心《めいごころ》をくすぐる位置で、にこにこ楽しそうに取組を観ていた。

とはいえ、本物の伯父が相撲を好きだったのかどうかは、実はよくわからない。伯父は私が十三歳の時に亡くなった。当時、まだ子供だったせいもあって、私は伯父の趣味嗜好《しこう》を含め、その人となりをほとんど理解していなかったのだ。

手がかりはおぼろげな記憶と、妹である母や伯母《おば》たちの語る思い出話である。彼女たちの話を総合すると、伯父は、「戦争で特攻隊に志願したものの、出撃を待たずして終戦。生きて北海道に帰ってきたのはいいが、戦後はいわゆる『特攻隊崩れ』と呼ばれる大荒れに荒れた日々を送ることになってしまった。とりわけ酒癖《さけぐせ》が非常に悪く、酒を飲んで暴れては物を壊し、素面《しらふ》に戻っては得意の機械いじりの腕を活《い》かしてそれを直し、再び酒を飲んで暴れては障子《しょうじ》を破り、素面に戻っては器用な腕を活かしてそれを張り替え、さらに酒を飲んで暴れては怪我《けが》をし、素面に戻っては自分でぺたぺたと絆創膏《ばんそうこう》を貼《は》り、と延々一人永久機関のような活動を行っていたが、ある日突然『酒をやめるから病院に入れてくれ』と言い出し、本当にそのままきっぱりと酒をやめてしまった人」である。もっとこう酒以外のエピソードも語ってあげてくれよと身につまされる思いがするが、「酔い潰《つぶ》れて寝ている姿を見ていると無性に腹が立って、妹みんなで力を合わせてロープでぐるぐる巻きにしてやった」と、人間に化けた悪い狸《たぬき》を懲《こ》らしめるような仕打ちを働くほど苦労した母たちにしてみれば、やはりお酒の印象が強いのだろう。

けれども、それは私の知っている伯父とはやはり違った。私が知っているのは、古い祖母の家の小さな離れに猫と住む、物静かな伯父だ。お酒は一滴も飲まず、食事以外は離れにこもり、たくさんの機械と本に囲まれて暮らしていた。無口であまり笑わない代わりに、目には見えないものが見えていた。猫とだって話ができた。伯父に「キミコと遊んでやってくれ」と頼まれた猫が面倒くさそうに寄って来ては、何度もお腹を撫《な》でさせてくれた。会社勤めはしておらず、生涯独身で子供もなし。得体《えたい》の知れない偏屈者《へんくつもの》を絵に描いたような人であり、しかし今現在、勤めにもでず結婚もせずに一日中家にいる私を近所の人もそう思っているだろうと考えると、非常に親しみが湧く。

その伯父のことを、末の妹である母は相撲嫌いだったと言う。

『相撲ファン』でこんなことを書いていいのかどうか悩むところだが、まあ書かなければ先に進めないから書いてしまうが、死んだ人のことだから決して怒らずおおらかな気持ちで読んでほしいが、伯父は相撲のことをちょくちょく「デブの喧嘩《けんか》」と呼んでいた。テレビの相撲中継に目をやって、「ほら、デブの喧嘩が始まったぞ」と、にやりともせずに言うのだ。耳にした時、子供ながらに「こんなことを言っていいのか」と怖気《おじけ》づいたものだが、今もまったく同じ気持ちだ。書きながら完全に腰が引けている。いやもう、ほんとすみません。許してください。

とにかくそんなわけで、「兄さんは相撲が嫌いだった」と母は断言する。たしかに伯父が相撲ファンを公言したことはない。せいぜい早めの夕飯時にテレビの相撲中継を眺める程度で、その点では母の言うとおりかもしれない。けれども、私にはどうしても伯父が相撲嫌いだったとは思えないのだ。

一度だけ、伯父と二人きりで相撲を観たことがある。ほかの大人たちは夕飯の買い物にでも行ったのだったか、祖母の家には伯父と私と猫しかいなかった。伯父は離れからのそりと現れると私の顔を見て「おお」と言い、それから引き連れてきた猫に向かって、「相撲、観るか?」と訊《き》いた。猫が律儀《りちぎ》に「にゃあ」と答える。だから正確には、伯父と猫が相撲を観ているところに、私が仲間入りさせてもらったのである。

日が暮れつつあった。翳《かげ》った茶の間で伯父はテレビのスイッチを入れ、チャンネルをがちゃがちゃと回した。妙に興奮したような、そのくせどこか抑えたようなアナウンサーの声。裸の男ばかりで地味な絵面《えづら》のはずなのに、なぜか華やかな色彩。今では私の中ですっかり馴染《なじ》みとなった相撲中継独特の音と光が、薄暗い茶の間に一気に流れ込んでくる。

部屋の空気がたちまち変わった。と言いたいところだが、実際はそうはいかない。以前にも書いたように、子供の頃の私は相撲のシステムをまったく理解していなかった。土俵に上がる力士が全員違う人なのか、あるいはさっき負けた人が敗者復活戦で再登場しているのかすらわからない。もともと無口な伯父と、あんなに張り切って返事をしたくせに丸くなって寝ている猫と、次から次へと現れる力士をわけもわからず眺める私。盛り上がりに欠ける茶の間に、テレビの声だけが騒々しく響いていた。

どれくらい経《た》った頃だろう。

「見てれ、こっちが勝つぞ」

ふいに伯父が言った。画面では二人のお相撲さんが睨《にら》み合っている。伯父が「勝つ」と言った方のお相撲さんは、相手より明らかに身体が小さかった。大丈夫だろうか、おじちゃんはああ言ったけれど負けちゃうんじゃないだろうか。私の心配をよそに、その小柄なお相撲さんは、あっという間に大きなお相撲さんを倒した。驚いた私が思わず「ほんとに勝った！」と歓声をあげても、伯父は頷《うなず》くだけで、やっぱりにこりともしなかった。

その後も伯父は何番か勝敗を予想し、そしてそれはことごとく当たった。今から考えれば番付や実力に差のある取組だったのかもしれない。しかし私にとって、伯父の言葉は既に予想というより予言であった。

「おじちゃん、どうしてわかるの？　まさか未来が見えるの？」

「見える」

訊いた私も私だし、答えた伯父も伯父だと思うが、疑いは持たなかった。伯父が言うからには、本当なのだろうと信じた。伯父はなんでも知っているし、猫とだって話ができる人なのだ。

やがて、すっかり日が暮れた頃、一人の力士が土俵に上がった。伯父は少し身を乗り出すようにして画面を指差し、再び「見てれ」と言った。言われるまま目をやったものの、相変わらず私にはそれが誰なのかわからない。「北海道から出たぼんず（男の子）だ」と伯父が教えてくれる。ということは、おそらくは我が郷土の期待の星なのだろう。たしかにその力士が登場すると、観客がひときわ沸《わ》いた気がした。

「きかない（気の強い）顔してるべ？　これはたいした横綱になるぞ」

伯父が言う。

「そうなの？　見えるの？」

私が尋ねると、

「んなもん、見えなくてもわかる」

珍しく笑った。

「へえ。なんていうお相撲さん？」

「北《きた》の湖《うみ》」

と伯父は言った。

実際、北の湖は強かった。伯父の言葉どおり、「たいした横綱」として長く相撲界を引っ張っていった。けれども伯父本人は、彼が大横綱として活躍するところを見ていない。この翌年だったか翌々年だったか、心臓発作であっさり死んでしまったからだ。亡くなる前、伯父は自分の死をちゃんと予言していた。年齢も場所も状況も、生前口にしていたとおりである。もちろん私は驚かなかった。おじちゃんは何でも見えるのだとわかっていたからだ。

その伯父によく似た人を九月場所で見かけたのである。知り合いのHさんに話すと、自分にも似た経験があると教えてくれた。幼い頃、家族で出かけるはずだった相撲見物の日に熱を出し、お母さんと留守番をしながらしょんぼり観たテレビ中継に、自分と母親が映っていたのだという。がっかりする彼女を慰《なぐさ》めるように、「ほらほら、Hちゃんもお相撲観てるねー」とお母さんが指差した観客席に、いないはずの二人がほんとうに見えたのだそうだ。

「兄は信じてくれなかったけれど、お相撲では見えない人が見えるんですよ」

とHさんは言った。「だから、伯父さんもきっといたと思います」。

なるほど、伯父はあの日ほんとうに国技館にいたのかもしれない。とても楽しそうだったから、やっぱり相撲が好きだったのだ。

見えない人が見える相撲の不思議を、私は信じようと思う。今年の一月場所は、きっとどこかに北の湖親方も来ているはずだ。

『相撲ファン』Vol.03　二〇一六年一月

背中

通りから相撲中継の見える家がある。住宅街の細い道に面した小さなアパートの一室である。

最初に気づいたのはいつだったろう。たしか六〜七年前の夏ではなかったか。歯医者の予約に遅れそうになり、私は小走りでそのアパートの前を通り過ぎようとしていた。本当は颯爽《さっそう》と走り抜けたいところだが、日頃の運動不足のせいで下手《へた》に走ると行き倒れそうになるのだ。息を切らしながらアパートの前に差しかかった時だった。ふいにどこからか馴染みの歓声が聞こえてきた。

「あ、お相撲」

興奮と静寂が入り混じったような独特の観客の声に、思わず歩をゆるめる。音のする方に目をやると、アパートの一階、開け放たれた掃き出し窓越しに大きなテレビ画面が見えた。テレビの前にはちゃぶ台。そこで白い肌着姿のおじいさんが一人、画面を見つめていた。

夏らしいといえば夏らしいが、無防備といえば恐ろしく無防備な光景であった。アパートの前には塀《へい》や植え込みといった視線を遮《さえぎ》るものは何もなく、窓には薄いレースのカーテンが掛けられていたが、それも目隠しという意味ではほとんど役に立っていない。人通りが少ないとはいえ、これでは通りがかりの見ず知らずの人間が家の中を覗き放題ではないかと、自分のことを棚に上げて心配になった。

たぶん耳が遠いのだろう、テレビの音量はとても大きい。通りまではっきりと聞こえる声援を、まるで自分に向けられたものであるかのように、おじいさんは一身に受けている。大歓声だ。

祖母のことを思い出した。父方の祖母も耳の遠い人で、耳元で叫ぶように話さなければ会話にならなかった。夏になると避暑がてら本州から北海道の我が家へ遊びに来たが、慣れない私の話が一度で通じることは少なく、耳に手を当て「なんだって？」と必ず聞き返された。日常が志村《しむら》けんのコントだった。

もちろんテレビの音量も普通ではない。補聴器を着けてはいたが、あまり性能がよくなかったらしく、結局はとてつもない大音量でテレビを観ていた。母はたまにしか来ない祖母に気を遣って、「ほら、おばあちゃんと一緒にテレビでも」と孫である私や妹にしきりに言った。けれどもあの轟音《ごうおん》には三分と耐えられない。おつかいの用事を見つけて逃げるように表へ出ると、開いた茶の間の窓からテレビの音がはっきり流れてきた。そのニュース音声に、「道路にいながらにして社会情勢のわかる家」と、妹とふたりでこっそり笑ったものである。

同じだった。同じような音量のテレビがアパートから漏《も》れていた。こんなに大きな音を出して、近所から苦情はこないのだろうか。余計な心配をしつつ、懐かしいような不思議な気持ちになる。と同時に、目は自然と部屋の中に向き、そんな行儀《ぎょう ぎ》の悪いことはやってはいけないと思えば思うほど、おじいさんの家の中が気になった。どうしてよその家の中というのは、こんなにも興味をそそるのか。

おそらく時間いっぱいになったのだろう、ひときわ大きな歓声が上がった。レースのカーテン越しに、土俵上の力士が睨み合っているのがぼんやりわかった。あれは誰だろうと思ったその時、ふいに強い風が吹いた。カーテンが小山のように捲《めく》れ上がり、部屋の中がいっそう露《あら》わになった。ちょうど立合《たちあ》い、ぶつかる力士と同時に、おじいさんがぐいと前のめりになったのが見えた。

その前のめりの背中を、私は以前にも見たことがある。大学の女子寮に暮らしていた時のことだ。

昭和の昔のことで、今から思えばあらゆることが前時代的であった。建物は年季《ねんき》の入った木造の二階建て、部屋は畳《たたみ》敷きでトイレはもちろん和式、洗濯機も二槽《にそう》式が主だった。清潔で手入れが行き届いており居心地は悪くなかったが、電話とテレビの数が不満といえば不満だった。電話は公衆電話が二台、テレビも食堂と娯楽室に十六インチの小さなものが一台ずつあるだけで、当然ブラウン管である。それを六十余名の寮生が、規則と暗黙のルールに則《のっと》って使用していた。

その食堂のテレビで同級生が一人、相撲を観ていたことがある。夕食前のがらんとした食堂で、丸椅子《まるいす》を小さなテレビの前に運び、じっと画面を見つめていた。入学して間がない頃だったから、おそらく五月場所だったと思う。まだ友人と呼べるほど親しい間柄ではなかったが、同じ学部の子だったこともあって、私はなんとなく声をかけた。

「相撲、好きなの?」

「そうなんよー!」

思いのほか大きな声で彼女は答えた。

「うち、父親があんがい歳《とし》いってて、その影響なんよー」

当時、千代《ちよ》の富士《ふじ》の人気が急上昇中だったが、それでも若い女性に相撲はさほど浸透しておらず、そんな気恥ずかしさもあったのか、彼女はいきなり家庭の事情を開陳《かいちん》した。面食《めんく》らう私にさらに彼女は笑いかけ、それから「公子も観る？」と尋ねた。

「うん」

彼女の笑顔につられるように私は頷いた。あまり細かくは覚えていないが、千《せん》秋楽《しゅうらく》が近づき、そろそろ優勝力士が絞《しぼ》られてきた頃だったと思う。

「ほら、このお相撲さん見て」

気のいい彼女は、相撲をほとんど知らない私に、画面を指さしながらさまざまな解説をしてくれた。力士の出身地や番付や今場所の成績や過去の因縁《いんねん》や怪我や出世の可能性や、とにかく自分の知る力士データのほとんどすべてについてである。入学して一ヶ月あまり、彼女にしても私と二人で間が持たなかったのかもしれない。たとえそうだとしても、彼女の情熱的な語りは愉快だった。好きな力士を私が尋ねると、

「千代の富士と若島津《わかしまづ》！」

と間髪《かんはつ》をいれずに答えたりして、なかなか面食いであることもわかった。その賑《にぎ》やかなお喋りは、けれども土俵が時間いっぱいになると突然中断された。

「あ、始まる」

そう言って口をつぐみ、急に画面に見入った。その対比が面白く、私はテレビ画面を見つめるふりをして、彼女をそっと見ていた。真剣なまなざしで小さなテレビを凝視する彼女は、立合いの瞬間に身体に力を入れ、ぐいと前のめりになった。背中に緊張が走る。そしてそのまま瞬きもせずに勝負を見届け、終わるとほっと息を吐いた。

思い入れの前のめり、と私は思った。贔屓《ひいき》力士の時はその角度が深くなり、最後に拍手がついた。

あの日、熱心に語る彼女を見ながら、相撲の楽しみは入れ子のようなものなのだなと、ぼんやり思ったのを覚えている。

入門から今日に至るまでの、力士それぞれの土俵、因縁、浮き沈み、決意。一分にも満たない勝負に連なる、それらすべてをたぐることは無理でも、奥に広がる無限の世界を彼女は垣間《かいま》見せてくれたのだ。

それはもちろん、相撲に限ったものではないだろう。だが、あっけないほど短い相撲の勝負では、その鮮やかさは際立っている。入れ子にどんどん小さな箱を重ねるようにして、最後、この一番の興奮にたどり着く。待っているのは、儚《はかな》いけれど眩《まぶ》しい一瞬の輝きだ。それを逃《のが》すまいとするための、前のめりの背中なのだ。

アパートのおじいさんの背中は、あの時の友人の背中にそっくりだった。年齢も性別も場所もなにもかもが違うけれども、同じ「思い入れの前のめり」だ。

歯医者へ向かう道は、最寄《もよ》りのバス停へ向かう道でもある。歯医者通いが終わった後も、私はたびたびおじいさんのアパート前を通った。何度か相撲観戦現場にも遭遇したが、回数はそれほど多くはない。そもそもあれは発生条件が厳しいのだ。

雨の日や気温の低い日は、窓が閉まっているから不可。晴れていても日が暮れてしまうとカーテンが閉じられるから不可。寒いうえに高く積もった雪が窓を塞《ふさ》ぐ冬は論外。となると、十一月場所、一月場所、三月場所が自動的に外《はず》れ、残りの三場所のうち、五月と九月も気温や日没時間の問題があってかなり難しくなる。つまりは、七月場所開催中の晴れた暑い日、それも私がバスに乗って飲みに行く時ではないと、おじいさんの家のテレビを観られない。遭遇率は年に一度あるかないかである。

と、他人の家を覗いておいて何を偉そうにと思うが、それでもアパートの前を通り過ぎるわずか数秒、レースのカーテン越しに土俵とおじいさんの背中が見えると嬉しかった。

いつだったか、一度だけおじいさんの声を聞いた。

「ほらほら、出てきた！　出てきたよ！　早く早く！」

おじいさんはテレビに負けないような大声で、誰かを呼んでいた。

「稀勢の里だから！　よし！　勝てよお！」

え？　もしや稀勢の里ファン？　私と同じ？　思わず足をとめて話しかけそうになったが、むろんそんなことができるはずもない。バスの時間も迫っていた。私は「勝てよお！」とおじいさんの真似《まね》をして心の中で叫びながらバス停へ急ぎ、「勝てよお！」とバスに乗り込み、「勝てよお！」と座席に腰を下ろした。なぜだか妙に気持ちが弾《はず》んでいた。「勝てよお！」もう一度呟《つぶや》いてから、おもむろに携帯で勝敗を確認したのを覚えている。

負けていた。

おじいさんの声を聞いたのは、それが最初で最後だ。気がついた時には、アパートは空き部屋になっていた。あの（部屋の）窓は閉じられ、不動産屋のポスターが貼られていた。今年の春のことである。

七月場所、だから私はおじいさんの相撲を見ることができなかった。今もあの道を通ると、風をはらんだ白いカーテンと、肌着姿の背中を思い出す。ぐいと前のめりになった思い入れの背中である。

『相撲ファン』Vol.04　二〇一六年九月

拍手

小さな土俵入りを見たことがある。

私がまだ子供だった頃、母に連れられて入った町の食堂でのことだ。昭和四十年代。棚に置かれたブラウン管テレビはとても小さく、その中に映るお相撲さんもやっぱり小さかった。

「横綱の土俵入りだよ」

そう教えてくれたのは、食堂のおばあさんだ。おばあさんは真剣な眼差《まなざ》しで小さな画面に映る小さな横綱を見つめていた。それからぱちぱちと何度も手を叩《たた》いた。

その食堂は今はもうない。ずいぶん前に建物ごと姿を消した。恐ろしいほどの時が流れ、当時子供だった私は立派なおばちゃんになり、元号までもが変わった。そして平成二十九年初場所、ついに稀勢の里が優勝してしまった。してしまったというのもあれだが、でもしてしまった。

なにしろ長かったのである。誰もが認める実力を持ち、早くから横綱を期待されながら、昇進どころかなぜか優勝にも手が届かなかった。まあ、「なぜか」というか、理由はだいたいわかっていて、序盤で下位力士相手に星を落とすからだが、毎場所あと一歩のところで優勝を逃す稀勢の里に、我々ファンはまるで呪文《じゅもん》のように「来場所こそは」と口にし続けてきたのである。

「来場所こそは」

「いやほんと来場所こそは」

「来場所来場所、来場所こそが世界の幸せ」

あまりに口にしすぎて、最後には「来場所」の意味がよくわからなくなるほどであった。めでたかろうがそうでもなかろうが、新年には「あけましておめでとう」と挨拶するようなものだ。とりあえず「来場所」と言っておけば、なんとなく縁起《えんぎ》がいい気がする。あるいは、この世のどこかに「来場所」という幻《まぼろし》の里があって、そこではいつだって稀勢の里が優勝していると、無意識のうちに考えていたのかもしれない。

それがついに現実世界で実際に優勝してしまった。支度部屋で涙を流す稀勢の里を見ながら、「『来場所』って本当にあったのか」と些《いささ》か呆然《ぼうぜん》としたのを覚えている。なんというか、いつかこんな日が来るとは思っていたが、まさか今日だとは思わなかったというか、実に不思議な気持ちである。

もちろん私の気持ちは、相撲界には何の影響もない。稀勢の里はそのまま横綱に昇進し、一連の昇進セレモニーが厳《おごそ》かかつ華やかに執《と》り行われた。伝達式があり、綱打ちがあり、土俵入りの練習があり、さらに明治神宮での奉納土俵入りがあった。

晴れ姿に次ぐ晴れ姿であるが、無念だったのは、その奉納土俵入りを見られなかったことである。私の住む地域ではテレビ中継がなかったのだ。ぎりぎり午後のワイドショーの枠内に収まる予定だったらしいが、結局は間に合わず、明治神宮に集まった大勢の見物人の姿だけを映して中継は唐突に終わった。アナウンサーの声が響く。

「さようなら」

「さようならじゃねえよ！」

思わず中腰になりながら、私は未練たらしくチャンネルをあちこちかえた。夕方のその時間、こちらでは横並びで似たような、といえば語弊があるけれども、しかし実際どこも似たようなローカルの情報番組が流れている。

「これ、一つの局でまとめてやったらどうかな！」

テレビに八つ当たりしつつ、どこそこのスイーツがおいしいとか、なんとかいうレストランが話題だとかいう番組を次々眺める。見たかったな、と思わず呟いた。稀勢の里の土俵入り、見たかったな。テレビにかぶりつき、ぱちぱちと拍手しながら見たかった。そう、あの食堂のおばあさんのように。


あれは一体誰の土俵入りだったのだろう。

記憶はあまりにも曖昧《あいまい》で、横綱の顔も名前も今は思い出すことはできない。覚えているのは、昭和の小さな食堂の、まるで切り取られたような光景だけだ。カウンターのほかにテーブル席が三つ。青い羽根の扇風機《せんぷうき》。コンクリートの床。赤いビニール椅子は、子供の背丈《せたけ》には合わなかった。

どういういきさつだったのかは忘れてしまったが、その食堂で私は母とかき氷を食べたのだ。白い上《うわ》っ張《ぱ》りを着たおじさんが一人いて、彼が私たちの氷をがりごりと削ってくれた。私は氷いちご、母は氷あずき。氷あずきは白と茶色の色味が殺風景で、「大人というのはなんてつまらないものを食べるのだろう」と思ったのを覚えている。

中途半端な時間だったのだろう、私たちのほかに客の姿はなかった。おじさんは我々のかき氷を作り終えると、腕をひょいと伸ばして棚の上のテレビのチャンネルを回した。相撲中継だ。

「時間だぞ」

奥に声をかけると、白い割烹着《かっぽうぎ》姿のおばあさんがぱたぱたと現れ、そしてテレビの前にちょこんと座る。まるで子供のように真剣で楽しげで、そして賑やかな登場だった。

テレビ前に陣取った後も、ひっきりなしに画面に話しかけた。まだ幕内土俵入りの時間だったと思うが、土俵に上がるお相撲さんの名前を次々に呼んだり、「がんばれー」と檄《げき》を飛ばしたり、「いいぞいいぞ」と突然囃《はや》し立てたりした。そしてそれがひと通り終わると、小さく息をつき、今度は私たちに話しかけた。

「お嬢ちゃん、実物の相撲取りを見たことある？」とおばあさんは訊いた。私が首を振ると、彼女は得意げに「私はあるのよ」と頷く。それから「あれはほんっとに大きい」と感に堪《た》えないように呟いた。

おばあさんが言うには、昔、地元の駅でたまたま巡業に来た力士たちと出くわしたことがあるのだという。「とにかくとにかく大きかった」とおばあさんは言った。「こおんなに大きくて」と腕をぐるりと回し、「こおんなに太っていて」とさらに回し、「岩みたいだった」と笑った。まるで、山で羆《ひぐま》と遭遇して生き延びた人が、その熊の巨大さを皆に話して聞かせるようだった。

「うちにあんな息子がいたら米代だけで身代《しんだい》がつぶれるよ」

おばあさんは真剣だった。真剣で夢中で幸せそうだった。

「でも、ほれぼれするほど立派だった」

熱っぽい口調で語るおばあさんに私は圧倒されていた。子供相手に、こんな風に自分の好きなものを語る大人は、当時の私の周りには一人もいなかったのだ。

「ほら、横綱の土俵入りだよ」

おばあさんが一段と大きな声を出す。見ると、小さなテレビ画面の中で小さなお相撲さんがぱたぱたと手足を動かしている。このお相撲さんがおばあさんには岩のように見えてるのかと、なんだか笑いたくなった。でも、もちろん実際に笑ったりにしない。

「立派だねえ」

おばあさんはしみじみそう言って、ぱちぱちと拍手をした。

おばあさんから溢《あふ》れていた、憧《あこが》れやときめきや畏怖《いふ》のようなものを今になって私は思い出す。私もそんな風に真《ま》っ直《す》ぐに稀勢の里の奉納土俵入りを見たかった。誰かの愛情や「好き」を笑うことは恥ずかしいことだと、私はたぶんあの時初めて感じたのだ。

結局、私が稀勢の里の土俵入りを見たのは、横綱昇進の翌場所、大阪でのことである。友人たちと四人、「実物」の土俵入りを見届けるため、大阪場所まで足を運んだのだ。

大歓声に包まれて、花道から横綱が入場する。ゆったりとして落ち着いた所作《しょさ》。枡席《ますせき》から遠目に眺める稀勢の里は、あの食堂のテレビほど小さくはないが、かといって岩のようでもなく、けれども、とても立派だった。相撲の持つ祝祭的喜びを全身で表すかのように、堂々と揺るぎなかった。

おばあさんの言ったとおりだ。おばあさんは、あの小さな画面の中に、こんなに華やかで豊かな力を見ていたのだ。

「立派だねえ」

おばあさんの熱っぽい口調が耳元で蘇《よみがえ》る。それを聞きながら掌《てのひら》が痛くなるほど私は拍手をした。

『相撲ファン』Vol.05　二〇一七年五月

もし相撲が誰かの想像の世界だとしたら

相撲を見ていると、時々、これは現実のものだろうかと思うことがある。たとえば天気のいい昼下がり、夢見がちな誰かが窓の外でも眺めながら、ふと思いついた想像上の遊びのような気がするのだ。

その人は考える。

そうだ、男たちに力比べをさせよう。世界のあちこちから、特別大きな男たちを集めて、がっぷり組ませるのだ。丸く線を引き、そこからはみ出た者は負けにしよう。手や膝《ひざ》をついた者も負け。武器や道具は持たせない。広い競技場もいらない。身体ひとつで勝負に挑《いど》ませる。彼らはそれだけで十分に強く、そして美しいのだ。

特別な男たちであるから、当然いでたちにも工夫を凝《こ》らす。髪型も衣装も、安易に時代を追うことはない。大きな身体を髷《まげ》と和服でつつむ独特の風貌《ふうぼう》は、異形《いぎょう》の者としての誇りとなるだろう。彼らの中で最も強い者には、さらなる称号と褒章《ほうしょう》を与える。「横綱」。その真っ白な綱こそが力の証《あかし》であり、人々の尊敬と賞賛の的《まと》となるのだ。

考えた人は楽しかっただろうなと思う。想像は徐々に広がり、土俵入りの所作を振り付けたり、行司《ぎょうじ》のきらびやかな衣装をデザインしたりもしただろう。懸賞旗を思いついた時は、自分を褒めたかもしれない。賑やかな色合いの旗に目を奪われて忘れているが、なにしろあれ、要はお金である。広告料。ちからびとの周りを現金がぐるぐる回れば見る方も興《きょう》をそがれるが、そこを色とりどりの旗で目眩《めくら》ますあたり、なかなか風流な人なのだ。

その風流な誰かのぼんやりとした想像の世界を、私たちは相撲だと思っているのではないか。

ばかばかしいとわかっていながら、ついそう考えてしまうのは、相撲があまりにとらえどころがないからである。実際、相撲の認識は人それぞれだ。スポーツだと言う人もあれば、神事だと言う人もあり、あるいは泥臭《どろくさ》い立身出世物語として語る人もいれば、単なる伝統芸能だと言う人もいる。『両国《りょうごく》花錦闘士《おしゃれりきし》 1 〈東の横綱編〉』で、相撲嫌いの若い女性相撲記者が、「場所中の国技館は酒も弁当も出て、毎日花見の宴のよーだ。」と記事を書いて上司に叱られるシーンがあるが、宴といえば宴といえないこともない。

相撲の存在自体がどこか浮世離れしていて、輪郭《りんかく》がぼやけているのだ。現実にしては、何もかもがあまりに曖昧すぎる。

『両国花錦闘士』の最大の魅力は、そんなとらえどころのない相撲を、よりとらえどころなく描いたところにある。昇龍《しょうりゅう》と雪乃童《ゆきのわらべ》といった二人のライバルの取り組み場面から始まった物語は、それぞれの恋愛事情や家族関係、さらには周囲の人たちの生活までをも巻き込んで進んでいく。出世争いあり、恋の駆け引きあり、片思いあり、立ちはだかる大横綱あり、なんかよくわからないがキラキラした歌あり踊りあり。

一歩間違えればというか、ちょっとその気になれば、いくらでもスポ根漫画に仕立て上げられそうな題材が、ちょうど本作が描かれたバブルの頃の華やかさに似た気前のよさで、耽美《たんび》的に散りばめられている。結果として我々読者は、あれこれ目移りしそうになりながらも、曖昧で美しい「相撲ワールド」を縦横無尽《じゅうおうむじん》に駆け巡ることになるのだ。

そう、いうまでもなく『両国花錦闘士』の世界は美しい。お相撲さんを「トド」

と呼ぼうが、八百長《やおちょう》疑惑に迫ろうが、いけない関係が美女と兄弟との間で繰り広げられようが、あくまで優雅で輝いている。影が光を鮮やかにするように、すべてを呑《の》み込んでなおきらびやかで色褪《いろあ》せない。

どこへ行くのだろう、と眩しさに目をしばしばさせながら追いかけた物語は、最後、ライトを絞るようにして再び土俵を照らす。そこに現れるのは、思いがけず静かな世界だ。雪乃童との取り組みを前にした昇龍の独白が胸を打つ。淡々としていながらも、相撲の本質を衝《つ》くような真摯な言葉から、しかしふと視線を観客に転じれば、彼らを見つめるまた別の世界が広がっている。両者のギャップがまたなんともおかしい。まったくもって相撲は自由なのである。

もし相撲が誰かの想像の世界だとしたら、と、やっぱり私は考える。できることなら、その誰かにも、この本を読んでもらいたい。きっと作者の眼差しの繊細さに驚くだろう。驚いてちょっと笑い、それからますます相撲を好きになるだろう。誰かの名前は、「相撲の神様」に違いない。

特別寄稿　岡野玲子著『両国花錦闘士 2〈西の横綱編〉』小学館クリエイティブ　二〇一七年七月

『スー女のみかた』に寄せて

相撲は好きだが、よくわからない。もにゃもにゃととらえどころがなく、近づけば近づくほど曖昧模糊《もこ》としていて、どのカテゴリーにも収まりきれない。時たま(というのはほとんどの場合、何か不祥事があった時だが)相撲の定義が議論されることがある。「あれは一体スポーツなのか神事なのか」という例のやりとりで、もちろん答えが出たためしはない。そりゃそうだろうと思う。なにしろ相手は相撲だ。伝統だ格式だと言いつつ、観客もろとも時代を呑み込み、恐ろしいほど柔軟に形を変えてきた強者《つわもの》である。そう易々《やすやす》と正体を現すはずがないのだ。

だから私が相撲について何か断言できるとしたら、それは「楽しい」ということだけである。相撲は楽しい。まるで縁日《えんにち》みたいに楽しい。賑やかで、自由で、光に溢れていて、でもどこかに厳粛さや神様の気配のようなものがあって、なにより非日常のときめきに満ちている。たとえ贔屓力士が負けたとしても、その輝きが色褪せることはない。私は昔から稀勢の里関のファンなのだが、優勝がかかった一番だけでも彼は何度負けたかしれない。おまけに念願の初優勝は、ライバル琴奨菊《ことしょうぎく》に先を越されてしまった。そのたびに相撲が色褪せていたなら、横綱昇進前にあたりは真っ暗闇になっていただろう。相撲は単なる勝ち負けの世界ではないのだ。

　今年（二〇一七年）の四月、『スー女のみかた　相撲ってなんて面白い！』（シンコーミュージック・エンタテイメント）という本が出版された。著者は「スー女」を自認する和田《わだ》静香《しずか》氏。スー女というのは「相撲ファンの女子」の略称である。言葉の醸《かも》し出すミーハーで軽薄《けいはく》なイメージを嫌う声も多いが、著者は違う。「ミーハー万歳《ばんざい》」「ミーハーはエネルギーの塊《かたまり》」と宣言し、言葉どおり一冊まるごとエネルギッシュに相撲を語っている。いや、味わってみせる。

　その活躍はパワフルだ。東で本場所があれば朝早くから足を運び、西にアマチュア相撲があれば見知らぬ一家に混じって声援を送り、南にラーメン店を開いた元力士がいれば行って「しょうゆ炊《だ》き　しろぼしつけ麺《めん》」を食べ、北に「北海道　女だけの相撲大会」があれば稽古を積んで土俵に上がる。稽古といっても、単なる自主トレではない。伝手《つて》を頼ってではあるが、なんと元関脇《せきわけ》から直接指南《しなん》を受け、さらにたった一人でアマ力士ひしめく区民スポーツセンターの門を叩くのだ。

やりたいと思ったことをやり、会いたいと思った人に会いに行く。角界の抱える問題にも正面から向き合い、それを誰かに伝えることを面倒《めんどう》がらない。同じ相撲好きでも、「あー、朝の八時から夕方六時までぴっちりテレビで相撲中継してくんないかなー。それ観ながら一日中だらだら酒飲みたいなー。そんで途中昼寝すんの」などと考えている私とはぜんぜん違う。違うが、だからといってどちらが正しくてどちらが間違っているということではないのだとも、この本は（おそらく）言っている。

読み進むにつれ、目の前にはあの縁日の風景が立ち上がってくる。お相撲の縁日だ。そこを軽《かろ》やかに歩く著者。贔屓力士や裏方さんや両国ツアーや相撲仲間や、とにかく様々な露店を一つ一つ興味深げに覗き、声を掛け、時には迷子《まいご》になっている人に道案内をする。こっちにもあっちにも楽しいものはあるよ、とその顔はいつだって笑顔だ。

相撲にはいろいろな楽しみ方がある。

言葉にすると腹が立つほど陳腐《ちんぷ》でそっけない事実が、この本には豊かな実体験として描かれている。私は宝くじが当たったら、テレビに映る溜《たまり》席を毎場所十五日間買い占めて欠かさず観戦に行く名物婆《ばあ》さんとなるのが夢なのだが、死んだ後、「最近、あの席が空いている……もしや……」とテレビ前の相撲好きをざわつかせたら本望である。死んだ後も相撲にどこか触れていたい。土俵上も土俵下も豊かな物語に彩られた相撲の、私なりの醍醐味《だいごみ》である。

『北海道新聞』二〇一七年七月十四日付夕刊

おビールを飲みながら大相撲中継を見られる酒場があるのとないのとでは、人生における喜びの度合いがまったく違う。

相撲はどうして六時に終わるのだろう。いや、六時に終わるのはかまわない。相撲協会も相撲協会で、いろいろ事情があるのだろう。かまうのは酒場探しである。酒場で相撲を見ようとした場合、なかなかふさわしい店が見つからないのだ。

たとえばテレビの場合、まずBSチャンネルで午後一時から中継が始まり、その後三時過ぎに地上波へ移行する。終わるのがきっかり六時。会社勤めをしている堅気《かたぎ》の相撲ファンの皆様には厳しいタイムスケジュールであろうが、私にとってもやはり厳しい。なにしろ、その時間から営業している居酒屋が思いのほか少ないのだ。たとえあったとしても、テレビが見られるかどうかがわからない。そうまでしてなぜ酒場で相撲を見たいのだ、仕事はどうしたという疑問もあろうが、趣味なのである。相撲観戦も昼酒もともに趣味であり、仕事については今はまあいいではないか。

とにかく店探しには苦労してきた。失敗を繰り返し、テレビのない居酒屋でケータイの相撲ニュースを虚《むな》しくチェックする日が続いた。そんな寂しい私を救ってくれたのが、「第三モッキリセンター」である。開店は午後二時（土曜日はなんと一時）。日曜定休なので千秋楽を見届けることはできないが、そこまで望むのは贅沢《ぜいたく》というものであろう。

地上波中継の始まる時間には、店内の空気は完全にできあがっている。喧騒《けんそう》に紛《まぎ》れるようにしてコの字型のカウンターに身を置き、瓶《びん》ビールを注文。それからおもむろに棚のテレビを見上げる。流れているのは必ず大相撲だ。

この「必ず」というのが重要なのである。本場所開催中の夕方、相撲よりほかに見るべき番組はないと私は確信しているが、残念ながら世の中の人全員がそう思っているわけではない。たとえ「昼から営業」「テレビあり」という二つのハードルをクリアしても、そこに間違いなく相撲が映し出されているとは限らないのだ。

その点、ここは頼もしい。一度だけ相撲中継の時間に違う番組がかかっていたのを目撃したことがあるが、「あれ?」と思う間もなく、店の人がチャンネルをかえてくれた。実に行き届いている。夢の国かと思った。

もちろんスポーツバーではないから、客の誰もが面面に見入っているわけではない。思い思いに杯《さかずき》を傾け、中にはテレビの存在にすら気づいていないような人もいる。けれども、それがまたいいのだ。決して押し付けがましくなく、かといって何も拒絶しない。店のスタイルそのままの雰囲気に包まれて、ビール片手にしめさばやほうれん草のおひたしなんかをつついていると、「神様、私に相撲とおビール、そして第三モッキリセンターを与えてくださって本当にありがとう！」と立ち上がりたくなる。すべてが自由で気楽で、そして安心。私はただしみじみとそれを味わうのみである。

夕方六時。相撲が終わると、「さて」と思う。さて、これからどうしよう。ぼちぼちとほかの居酒屋が開店する時間だ。河岸《かし》を変えるのもよし。もう少し腰を据《す》えて飲むのもよし。その日の気分によって、どうとでもできる。その自由もまた「第三モッキリセンター」である。

いい酒場って、なんだ？『dancyu』二〇一七年七月号

第三章　呑んで読んで　呑まれて読んで

失くした本　今いずこ

一度に十冊の本を失《な》くしたことがある。本屋の帰りに呑《の》み屋を三軒ハシゴしたら、いつのまにか消えていた。覚えているのは二軒目の店で「これ邪魔だな」と思ったことで、でも邪魔だから手放したわけではないのは、一度も邪魔だと思ったことのない財布を何度も酔って失くしている事実からも明らかである。

あの時の本は今頃どこにあるのだろう、とたまに考える。そして決まって、昔、見知らぬおじさんからもらった一冊の本のことを思い出す。今はなき青函《せいかん》連絡船内で、突然「あげる」と言われたのだ。

それはいわゆる「自分史」だった。本というよりは小冊子のようなもので、一人の女性の半生が綴《つづ》られていた。「親を早くに亡くしたけれども頑張って、結婚して姑《しゅうと》にいびられたけれども頑張って、戦争があったけれども頑張って、長男が屋根から落ちて大怪我《おおけが》をした時は辛《つら》かったけど助かって、今は幸せ」という、要約すればだいたいそのような内容である。今考えても、どんな感想を抱いていいのかわからない。

それでも函館に着くまでの間に二度読み返し、最後は荷物棚に置いて船を下りた。捨てられるかもしれないが、できればこの不思議な本をまた誰かに読んでほしかったのだ。

世の中には、そんなふうにぐるぐると人の手を回り続ける本があるとなんとなく信じている。私の失くした本もそうなればいい。酔っ払いの失敗が誰かの楽しみになるなんて、考えただけでわくわくする。あの時、本を失くして本当によかった……かというと、それはないけど。

呑んで読んで『北海道新聞』二〇一三年四月二十一日付

『家なき子』に怯える

大人になった今は痛風《つうふう》が怖いが、子供の頃は「孤児院（現在の児童養護施設）」が怖かった。自分が本当は捨て子で、ある日突然預けられるのではないかと怯《おび》えていた。孤児院のことは『家なき子』で知った。そこでは子供は毎日ひどく働かされ、町の子たちから石を投げられるのだ。

いや、孤児院だけではない。あの物語には、子供にとって考えうる限りの不幸が描かれていた。生みの親に捨てられる。「養い親」から引き離される。見知らぬ旅芸人の親方に売られる。犬や猿と一緒に何十キロも、歩かされる。芸をする。雨に濡《ぬ》れる。雪に凍《こご》える。食べるものがない。犬が死ぬ。猿も死ぬ。ついには親方も……ああ、もうやめて！　と、たいていはこのあたりで本を閉じたので、『家なき子』がハッピーエンドだと知ったのは大人になってからだった。そういう大事なことは前書きにでも明記しておいてほしいものである。

　子供は自分の無力さを誰よりもよく知っている。そしていつだってどこか心細い。わかりきったその事実をこれでもかとばかりに突きつけてくる『家なき子』が、私は本当に恐ろしかった。鬼退治とか恩返しとか、もっとこう身体に馴染《なじ》んだ方だけで間に合わせたいと思った。そのくせ夜には布団《ふとん》の中で孤児院のことばかり考えていたのである。

　恐怖と孤独と矛盾《むじゅん》と葛藤《かっとう》。いま思えば、読書の醍醐味《だいごみ》ともいうべき感情を、この本は初めて味わわせてくれたのだろう。怖いけれども好きだった。そう気づいたのは、しかしずっと後、孤児院より痛風に怯える大人になってからのことで、その痛風に関しては津野海太郎《つのかいたろう》『歩くひとりもの』の影響なのだが、それはまた別の話である。


呑んで読んで『北海道新聞』二〇一三年五月十九日付

読書感想文に「正解」は……

生まれて初めて書いた読書感想文については、今も全文、諳《そら》んじることができる。

「牛が水をのむところがおもしろかったです。」

本のタイトルや内容は、覚えていない。何に感動したのかも記憶にない。まあ牛が水を飲んだのはわかるが、牛だって喉《のど》が渇《かわ》けばそりゃ水くらい飲むだろう。

書きながら自分でも何か変だとは思っていた。「本を読んで面白かったところを書きなさい」と言われたので、素直にそうしたのだが、何かが違う気がした。困り果てた末、「別の本で書いたら?」という母親の提案で、『アリババと40人の盗賊』に挑戦したものの、

「ひらけ豆、のところがおもしろかったです。」

いや、だからそうじゃなくて。

本の感想を人に伝え、かつ共感を得るのは、難しいことだと思う。

学生時代、冒険家の植村直己《うえむらなおみ》に憧《あこが》れていた男友達が、恋人に彼の本をプレゼントして感動を分かち合おうとしたところ、「北極圏で何度も手袋を失くしていてヒヤヒヤした。私は二度と手袋を失くさないようにしたい」と言われてガックリしていた。私も思わず笑ったが、これはガックリしたり笑ったりする方が間違っている。植村直己の本を読んで、彼女が一生手袋を大事にするようになったら、それはやはり読書の力なのだ。

読書や読書感想文に「正解」はあるのかというような話が、だから私は苦手だ。正解があると考えると「手袋」の立場が危《あや》うくなるし、ないと考えると「でも牛はなあ」と思う。どちらともいえない、という日本人的玉虫色の態度こそが、実はこの場合の正解なのかもしれない。

呑んで読んで『北海道新聞』二〇一三年六月十六日付

スリル満点 本を贈る難しさ

あなたは人からモーパッサンの『脂肪の塊』を贈られたことがありますか。私はあります、つい最近。久しぶりに会った友人から、「これ、ぜひ公子さんに読んでほしいなあって思って」と渡された瞬間、頭の中には、「なぜこれを?」「ぜひ?」「太ったから?」「体脂肪率が四十%あるから?」「痩《や》せろと?」などの思いがグルグル渦巻《うずま》き、ただでさえ薄い友情がその場で壊れるかと思ったことである。

もちろん『脂肪の塊』は、太った女を蔑《さげす》み、ダイエットを勧める物語ではない。人間のエゴや偽善や保身をえぐり出し、ひりひりとした痛みとともに白日の下に晒《さら》す作品である。しかし、そうなると今度は、「もしや私がエゴにまみれた人間と言いたいの……?」との疑惑が湧《わ》いてくるわけで、心乱れること甚《はなは》だしい。

本を誰かに贈るときの難しさは、この「いくらでも深読みできる」点にあるのではないか。「猫に名前をつけてほしいのかしら」「俺《おれ》は僧侶《そうりょ》になるからおまえは遊女になれということかしら」「ウルトラマラソンに出場して三日後の日没までにゴールしろということかしら」。その気になれば、相手は自分の気持ちをどこまでも勘《かん》繰《ぐ》れるのだ。

贈る本に思いを込めれば込めるほど罠《わな》は多く、事態は複雑かつ微妙になる。この繊細さに比べればバレンタインデーのチョコなど、値札がついているかのようなわかりやすさであろう。

しかし、だからこそ、本を贈り贈られる体験はスリリングだ。どの一行が相手の心を揺さぶり、どの言葉が相手に届くのか。ワクワクしながら想像する喜びを何度でも味わいたいと思う。たとえそれが『脂肪の塊』であっても。

呑んで読んで『北海道新聞』二〇一三年八月四日付

酔っぱらいの悪癖

つくづく思うが、酔っぱらいというのは、自分自身を信用していない人たちである。たとえば、津野海太郎の『歩くひとりもの』。

以前にもちらりと書いたが、この本の中で筆者は、ある日突然、痛風の痛みに襲われる。左足首に激痛が走り、歩くこともままならなくなった彼は、しかしそれが病気だとは一切考えない。では、どう考えるかというと、酔ったのだろうと考える。前夜、友人たちと酒を飲んだ際、「自分でも気づかずに足をくねった」に違いないと納得するのだ。

足首を固定し、様子を見る筆者。むろん痛みは引かない。それどころか状態は悪化の一途をたどり、ついには痛みをこらえながら鉛筆をボロボロにかみ砕《くだ》いてしまうようになり、そこで初めて受診を決意する。

その間、実に二十日。二十日もの間、痛風の強烈な痛みを「酔ってひねった」と思い込み、ただひたすら我慢に我慢を重ねるのである。

悲しいかな、酔っぱらいとはそういうものだ。財布をなくしても、盗《と》られたのではなくどこかに置き忘れたのだと信じ、朝、記憶にないフライドチキンの残骸《ざんがい》が散らばっていても、誰かが侵入したのではなく自分がシメの脂を食べたのだと疑わない。不都合のすべてを酔った自分が引き受ける癖《くせ》がついている。

この本を読むと、そんな酔っぱらいという人種に自分も含まれることが、しみじみ恐ろしくなる。痛風さえ気づかないタイプの人間が、別の何かを見逃《みのが》さずにいられるはずはないと思うからだ。今まで、私は何を見落としてきたのか。それは大切なものではなかったか。痛風の恐怖に加え、手のひらからこぼれたあれやこれやの影がちらついて、胸が痛くなるのである。

呑んで読んで『北海道新聞』二〇一三年九月八日付

変化恐れぬ柔軟性に脱帽

ここのところ、携帯電話の動作が不安定だ。調子よく動いていたかと思うと、突然ふてくされたように黙りこむ。何をどうしたらいいのか見当もつかないし、シェフの気まぐれなんとかみたいで得体《えたい》が知れない。

周りからは買い替えを勧められる。「スマホは便利だよー」って、しかしその便利にたどり着くまでの不便が面倒くさいのだ。新しい機能や操作を、一から覚え直さねばならないかと思うと、気が遠くなる。

本当に何のための二十一世紀かとつくづく思う。まだ手かよ、手で操作かよ、心の中で思っただけでアトムかなんかが全部やってくれるんじゃなかったのかよ、と舌打ちしたくなる。と同時に、こんなことで音《ね》を上げている自分はどうなのか、とも思う。『武士の娘』（ちくま文庫）を見よ、と。

『武士の娘』の著者杉本鉞子《すぎもとえつこ》は旧長岡《ながおか》藩家老《かろう》の末娘。昔ながらの厳格なしつけを受け、人前で笑うことすら「恥」として育った女性である。そんな彼女が、結婚準備のため東京のミッションスクールに進み、やがて夫の待つ米国へ渡る。本書はその激動の人生を振り返る回顧録だが、なにしろ世の中の変化が凄《すさ》まじい。学校入学前、人力車とかごと「陸《おか》蒸気」を乗り継いで八日かけて向かった東京は、四年後の卒業時にはわずか十八時間の道程となっているのだ。

想像しただけで目が回るが、しかし彼女は私とは違う。「面倒くさい」とか全然言わない。豊かな感性と鋭い洞察力《どうさつりょく》、そして変化を恐れることのない柔軟性ですべてを受け入れるのだ。その毅然《きぜん》とした姿は本当に見事であり、いっそ私の代わりにスマホ持てばいいのにと思うが、それはそれとして今のこの瞬間、目の前で勝手に電源が切れた携帯電話はどうしたらいいのか。

呑んで読んで『北海道新聞』二〇一三年十月六日付

朝帰り 胸の底よぎる不安

人間、年もとってみるもんで、ほとんど朝帰りをしなくなった。夜通し遊ぶ体力も気力も時間もなくなったのが大きいが、朝帰りのバツの悪さに耐えられなくなってきたということもある。あれは何度味わっても嫌なものだった。やましいのとは違う。いや、別にやましいことは何もないのだが、身体は重く気も重く、そのくせ朝日だけがやけにまぶしくて、胸の底が妙に不安になった。

玄関の鍵《かぎ》を開ける時、決まって頭をよぎるのは島尾敏雄《しまおとしお》の『死の棘《とげ》』（新潮文庫）である。冒頭、語り手である「ぼく」は女の家から妻と子の待つ自宅に帰る。初めてのことではない。三日と待たずに彼は女のもとへ通い、似たような朝（や午後）を迎えているのだ。だが、今回はいつもと様子が違った。木戸には鍵がかかり、妻子の姿はなく、壁や畳《たたみ》には一面インクが浴びせかけられている。見ると、床には打ち捨てられた自分の日記帳。すべてを記した日記帳の無残な姿に、「遂《つい》にその日がきた」と彼は震えながら思う。そう、その日がきたのだ。実際、彼と彼の家族の生活はこの時を境に一変する。もちろん悪い方に。

朝帰りをするたびに、私の脳裏《のうり》には黒々としたインクの染《し》みが浮かんだ。妻子がいるとかいないとか、後ろ暗いことがあるとかないとか、そういうことではない。子供の頃、夜の間に世界が終わるのではとおびえたように、自分の不在中に現実がまるで別物になってしまうことが不安だったのだ。自分の知らないところで「その日」がきているのかもしれないという恐怖。

だから今、朝帰りのない飲酒生活はおおむね穏やかである。このまま年末年始の怒濤《どとう》の酒宴を乗り切って、さらにお坊様のような平らかな心の飲んだくれになりたいと思う。

呑んで読んで『北海道新聞』二〇一三年十一月十七日付

寂しく切ない清潔な元日

お正月が終わってしまった。朝からビールを飲んでも誰にも白い目で見られないお正月が、今年もあっという間に終わってしまった。「正月が楽しいのは子供の頃だけ」という話をたまに聞くが、私に限っていえば全然そんなことはない。大人の今も十分愉快。とりわけ日常を寄せ付けない元日への思いは格別で、その気になれば二カ月くらい元日が続いても飽きずにいけると思う。

「西暦三千年一月一日のわたしたちへ」。川上弘美《かわかみひろみ》の『おめでとう』（新潮文庫）には、そんな言葉が添えられている。舞台は、遠い未来の、おそらくは東京。「おそらく」というのは、そこがわれわれの知る東京とはすっかり姿を変えてしまっているからである。文明が滅びた後、残されたわずかな人々が言葉さえ失いかけながらほそぼそと生きている場所。

詳しい説明は何もなされない。世界に何が起きたのかも、語り手が男か女かも、その語り手の愛する「あなた」が誰なのかも。ただ、朽ち果てたトウキョウタワーの見える寂寥《せきりよう》とした風景の中で、時の流れを思い、「あなた」を思う語り手の拙《つたな》い言葉が静かに響くだけだ。

とても短い物語である。よく晴れた寒い日に「あなた」と会い、飯や魚を分け合い、そして今日が「新しい年」だと教わる。「新しい年は、ときどきくる。寒くなると、くる」ことを語り手は知っている。けれども、それが何を意味するかまでは知らない。知らないままに言い合う。「おめでとう」と。

元日の朝、酒を呑みながら、私はふとその光景を思い浮かべる。乾いた風、薄い飯、抱き合う二人。寂しくて切なくて、でも清潔な新しい年のはじまり。遠いようで、すぐそばにある気もする景色である。

呑んで読んで『北海道新聞』二〇一四年一月十九日付

免許取得に焦りと希望

考えないようにしてきたのにというか、考えないようにしてきたからこそというか、何一つ準備が整わないまま、今年も確定申告の季節が巡ってきてしまった。

とにかく苦手である。領収書整理も、数字の記録も、書類確認も、一つ残らず全部苦手。先日は、ぐっちゃぐちゃの領収書を前に「植木屋だったバカボンのパパも確定申告をしていたはず」という事実に思い至って、半日ほど打ちのめされていた。

『いつまでもとれない免許』（井田真木子《いだまきこ》著　集英社）という本がある。旅先をタクシーで移動中、運転手を含む免許所有者全員が眠ってしまうという恐怖を体験した著者が、「死ぬの嫌」との切実な動機で三十代後半にして運転免許の取得に挑《いど》むノンフィクションである。

著者は当初、自動車教習所の存在すら知らなかった。車が左側通行だと意識したこともなかった。当然、教科書は意味がわからず、車体感覚はつかめず、信号待ちではエンストばかり。仕事机に手鏡を取り付けて後方確認のコツを学び、電子レンジのプレートを「ぷっぷ〜」と回してハンドルさばきの練習をしても、仮免試験にすら合格しない日々が何カ月も続く。

その焦《あせ》りと絶望が笑いを交えて、ひたすらつづられる。本人もつらいだろうが、読む方も大変。一年かけてようやく免許を取得した時には、喜びというより、なんともいえない脱力感が読者を襲うほどである。

それでもこれは、希望の書である。いつまでもとれない免許がないように、終わらない確定申告もないと思えるからだ。バカボンのパパは、いざとなれば天才児ハジメちゃんを頼るだろう。ハジメちゃんのいない私は、ただこの本の小さな希望に救われるのみである。

呑んで読んで『北海道新聞』二〇一四年三月九日付

人生縛る過去の亡霊

先日、バスの中で「一分で人生が変わる」というような本を読んでいる若い女性を見かけた。ああ、この人は人生を変えたいのだなあ、しかもなるべく手短に変えたいのだなあと思わずしみじみ見つめてしまったが、もちろん気持ちはわかる。私だって極力短い時間で、手軽に、なんなら寝ているうちに、しかもサナギが蝶《ちょう》に変わるような華麗な人生の変化を遂《と》げたい。目が覚めたら石油王の第二十夫人（第一夫人は若い人に譲る）になっていて、月の小遣いが二十億円（第二十夫人だから）なんてのが理想である。

『森に眠る魚』（角田光代《かくたみつよ》著　双葉文庫）は、人生を変えることに成功したと考える五人の母親の物語である。寝ているうちに、とはいかないまでも、結婚や出産を機にそれまでの人生を捨てた女たち。性格や環境は違えど、それぞれ自力で新しい生活を築いた彼女たちの友情は、当初順調そのものに見える。

だが、幸せは長くは続かない。私立小学校を受けるか受けないか。そのための「お教室」に通うか通わないか。子供の「お受験」をきっかけに、友情は嫉妬《しっと》や猜疑心《さいぎしん》へと変質していく。黒々とした心を後押しするのは、過去の亡霊だ。学生時代の孤独、家族との確執《かくしつ》、経済的苦境——。克服したはずの苦しみが、思いがけない力で彼女たちを元の場所へ引きずり降ろそうとする。新しい毎日など幻想だと耳元でささやき続けるのである。

人生が「変わる」とはどういうことか。過去は人をどう縛《しば》るのか。どこにでもいそうな女性たちの発する、とんでもなく重い問いに満ちたこの本を、バスの娘さんにもぜひ勧めてみたいものである。断られると思うけど。

呑んで読んで『北海道新聞』二〇一四年四月二十日付

生きる意味求めた修行記

前回、人生を変えようともがきつつも、過去の亡霊に絡《から》め取られそうになる女たちの物語『森に眠る魚』について書いたが、書きながら思い出していた本がある。『食う寝る坐る　永平寺修行記』（野々村馨《ののむらかおる》著　新潮文庫）。会社勤めをしていた三十歳の著者が、平穏ではあるが「実体のない」毎日にむなしさをおぼえ、雲水《うんすい》となって永平寺《えいへいじ》に修行に入った、その一年の記録である。

彼が出家を決めた時、とりたてて人生に不満はなかった。と思う。あったのは空虚さと心が干《ひ》からびてしまうことへの不安だった。仕事を持ち、会社帰りにはプールで泳ぎ、休日を一緒に過ごす恋人がいて、それが「実体のない」生活だとしたら、あんた世の中なんて全部幻《まぼろし》じゃないかとも思うが、だからこその孤独だったのだろう。

生きていくことに確固とした意味が欲しかったという著者。が、そんなある種甘やかな自我を、永平寺は見事にたたきつぶす。食事から排泄《はいせつ》にまで及ぶ厳格な作法と、古参雲水への絶対服従。考えることすら放棄させる過酷《かこく》な環境は、体力を削り理性を削り、やがてむきだしになったエゴだけを目の前に差し出してみせる。ボロボロの身体と心で、それを眺《なが》める著者の胸の痛みは強烈だ。

思えば『森に眠る魚』の女たちにとって、人生を変えることは、ワンランク上のステージに上ることであった。だが、その単純な貪欲《どんよく》さとは対極に位置するような彼の出家も、実は彼女たちと同様エゴに縁取《ふちど》られているのである。「人生を変える」ことに正面から挑んだ時、目の前に立ちふさがるおのれの業《ごう》とどう向き合うか。恐ろしくも勇気あふれる本である。

呑んで読んで『北海道新聞』二〇一四年五月十八日付

過酷な無人島サバイバル

「無人島に一つだけ持って行くとしたら何を選ぶ?」という質問にきちんと答えられたことがない。誰かが「大工道具」と言えばそうだなあと思うし、「サバイバル術の本」と言えばなるほどと思うし、「筆記具を持ち込んで記録をつける」と言えば職業的に私もそっち路線かと思うしで、どうも一つに絞《しぼ》り切れない。だいいち無人島のイメージが曖昧《あいまい》だ。頭に浮かぶのは、真っ白な砂浜とヤシの木とハンモックだが、それはどう見てもリゾート地だろう。

『江戸時代のロビンソン』(岩尾《いわお》龍《りゅう》太郎《たろう》著 新潮文庫)は、そんな私に無人島サバイバルの現実を垣間見《かいまみ》せてくれる本である。伊豆鳥島《いずとりしま》。外洋航海技術が後退した鎖国《さこく》時代に、何艘《そう》もの難破船が、その小さな火山島に漂着した。生きるのには、不向きな場所である。溶岩だらけで水はなく、植物は育たず木も生えず、数年ぶりに誰かが上陸したと喜んだらそれは新たな遭難者という、悪夢みたいな島。そこから生還した船乗りたちの記録が三件、この本では紹介されている。

過酷な環境の中で、彼らは懸命に生き延びた。飲み水を確保し、わらじを編み、魚を釣《つ》って、海鳥をさばく。大切なのは知恵と工夫と、初期装備だ。わらじにする帆布《はんぷ》はあるか、釣り針用の金属はどうか、火打ち石は無事か、鍋釜《なべかま》は使えるか。結局は、遭難時の手持ちの道具が生還の可能性を左右したのだ。

この本を読むと「無人島に一つだけ何かを持っていく」という設定がどれほど無茶《むちゃ》かがよくわかる。一つでどうにかできるはずがない。持てるものは全部持って島へ行き、それでダメなら諦《あきら》める。無人島は厳しいのだ。

呑んで読んで『北海道新聞』二〇一四年七月六日付

絶望を救う美しい夏の日

夏だ。お正月が好きで、二カ月くらい三が日が続いてもかまわないと豪語している私だが、実は夏も好きだ。子供の頃は、夏休みの解放感が好きなのか、夏という季節が好きなのか曖昧なところがあったが、大人になって夏休みがなくなってみると、自分が「夏」自体を純粋に愛していることがはっきりした。これは私が見た目にとらわれず、物事の本質を見抜く人間であることの証左《しようさ》といえよう。

その夏の素晴らしさは、『ターン』（北村薫《きたむらかおる》著　新潮文庫）を読めばよくわかる。あ、いや、よくわかるというほどではないけれど、あれが冬だったらやりきれないだろうと思う。自動車事故をきっかけに時の輪の中に閉じ込められ、自分以外の人が消えた世界で繰り返し同じ一日を生きることになった女性。どこにいても何をしていても、ある時刻になると「昨日」に飛ばされてしまう彼女の、何一つ積み重ねることのできない日々の物語だ。

繰り返されるのは夏の日である。よく晴れた夏の日、青空が広がり、白い雲が湧き、降り注ぐ日差しがまぶしく、田んぼには緑の稲穂が波のように揺れている。そんな永遠の一日を彼女は過ごす。確かに孤独でむなしい時間ではあるが、同時にとても美しい日でもあったのだ。

初めてこの本を読んだ時、その景色に救われたのを覚えている。息苦しく、ぎゅっと閉じたような物語の中で、それだけが唯一の広がりだった。絶望の中からわずかな希望を根気よく拾い上げる主人公の強さに、その景色はぴったり合っている。間違いない。夏はやはり素晴らしいのである。

呑んで読んで『北海道新聞』二〇一四年八月十日付

迷ったあげく失敗した選択

まだそれほど古くない冷蔵庫のパッキンが緩《ゆる》んでしまった。野菜室の引き出しを閉めると、上段の冷蔵室のドアがぱふっと開く。あれこれ悩んだ末の買い物だったのだが、どうも失敗だったらしい。性格なのか運なのか、こういうことはわりと多い。迷いに迷ったあげくダメな方を引いてしまうのだ。

『死刑囚　最後の晩餐《ばんさん》』（タイ・トレッドウェル／ミッシェル・バーノン著　筑摩書房）にも、この手の人間が登場する。アメリカの死刑囚がリクエストした人生最後の献立を調べた本なのだが、一人だけが明らかにメニュー選びに失敗している。彼が食べたのは、ハニーバンというお菓子。いや、ハニーバンが失敗なのではない。問題は、本人がそれを望んでいなかったことにある。彼は当初、刑務所の通常食（ハム、ブロッコリー、じゃがいものコロッケ、サラダ、パン、ジュース、果物）

を希望していた。しかし、突然それを撤回、「堕胎《だたい》された多くの命のため」に最後の晩餐を拒否すると宣言する。もちろん望みはかなえられるが、今度は空腹に耐えられなくなり、慌てて食事を要求。だが、時既に遅く、片づけの終わった厨房《ちゆうぼう》にあるのはハニーバンだけだったのだ。

「コーヒー一杯」にせよ、「タコス二十四個、メキシコ風ピザ六個、チーズバーガー二個、玉ネギ二個、青唐辛子の酢《す》漬《づ》け五本、ミルク一リットル、チョコレートミルクシェイク」にせよ、他の死刑囚の意思表示は強烈だ。そんな中、彼だけが間に合わせのお菓子を食べて死ぬ。

間抜けな話だが、自分もこのタイプだと思うとつくづくつらい。つらいし、冷蔵庫のパッキンが壊れて悲しい。でも直すのも面倒なのだ。

呑んで読んで『北海道新聞』二〇一四年九月二十一日付

酒が弱くなるとつまらない？

ここのところ深酒ができなくなった。昔は一度お酒を飲みに出るとなぜか三日くらいたっていて、宇宙人にでもさらわれて記憶を消されたかと焦ったものだが、今はすっかり体力が落ちて、せいぜい二日である。まあ二日でもどうかと思うけれども、二日目の後半はほとんど寝ているので大目《おおめ》に見てほしい。

以前を知っている人に「酒が弱くなってつまらなくない？」と訊《き》かれることがある。もちろん全然つまらなくはない。『野垂れ死に』（藤沢秀行《ふじさわひでゆき》著　新潮新書）のおかげである。

天才棋士《きし》と呼ばれた著者。その破天荒《はてんこう》な人生は酒癖《さけぐせ》もまた並外《なみはず》れている。「酒と私は一心同体」「酒は飲むものではない。呑まれるものだ」と豪語し、あたり構わず怒鳴《どな》り、暴れ、散財し、暴言を吐く。対局の前には地獄のような離脱症状に苦しみながら酒を断つものの、対局が終わるや否《いな》や朝から浴びるように飲む。ついでと言ってはなんだが、妻と子供を置いて女性の家へ行ったきり三年も自宅に戻らない。三日ではない。三年である。

それらすべてが衝撃的であるが、なにより戦慄《せんりつ》するのは「生まれつき体が頑丈《がんじょう》にできている」人間がお酒を飲み続けることのすさまじさだ。途中で倒れることもできず「ガボガボと血を吐」くまで飲む著者の姿を見て、なお「お酒に弱くなってつまらない」と思える人はそういないだろう。年齢とともに酒に弱くなるくらいがちょうどいいと、この本に出会って私は知った。凡人には凡人の飲み方があるのである。

ちなみにこの冬の私の目標は「酔って帽子をなくさないこと」である。小者っぽくて気に入っている。

呑んで読んで『北海道新聞』二〇一四年十一月二日付

新年に願う幸せ 本物に……

子供の頃から「今年の目標」を立てるのが苦手だった。宿題でさえ当日の朝に慌《あわ》ててやっていたような人間には、一年先の自分など到底イメージできないからである。それでも大人になった今、「今年はどんな年になるだろう」と考えることはあって、そんな時、ふと直子のことを思い出した。『伶也《れいや》と』（椰月美智子《やづきみちこ》著　文藝春秋）の主人公である。

実直で平凡なOL、直子。彼女の人生は二つに分かれている。ロックバンドのボーカリスト伶也に出会う前と、出会った後だ。それはすなわち恋に落ちる前と落ちた後でもあるのだが、直子はその成就《じょうじゅ》しない恋に文字通り一生をささげることになる。

求めない、押し付けない、ただすべてを与える。

　直子が貫く愛にウソはなく、だからこそ読者の胸は痛む。それがさまざまなものを奪っていく様も、また目《ま》の当たりにするからだ。友人、肉親との縁、お金。何かを失うたびに直子は言う。「間違っていたとは思わない」「なんの後悔もなかった」「幸せな人生」だと。もちろん本心だろう。だが、それが本心であればあるほど孤立は深まる。四十年、幸せが紡《つむ》ぐ繭《まゆ》のような孤独の中で直子は生きた。

　終盤、六十歳を過ぎた直子が初詣《はつもうで》に出向く場面がある。健康と伶也の幸せを祈るのだが、彼女が思い描いているはずの新しい年を読者はうまく想像できない。その風景が彼女自身のものなのか伶也のものなのか判然としないからだ。恐ろしいことだと思うが、それこそが直子の望みだったのだとも思う。彼我《ひが》の区別すらなくした最後、直子の手にする幸福が本物であることを願いたい。

呑んで読んで『北海道新聞』二〇一五年一月十一日付

一番うまいのは刑務所の食事⁉

この世で一番おいしいものは「他人の食べているご飯」じゃないかと思うことがある。その他人が誰であるかは関係なく、食べ物の好き嫌いもどうでもよくて、とにかく自分以外の人がご飯を食べている姿を見ると、「これは私が一生口にできない夢のような食事に違いない」と、憧れと絶望がないまぜになった激しい気持ちに襲われるのだ。どこか悪いのかもしれない。

『刑務所の中』（花輪和一《はなわかずいち》著　講談社漫画文庫）は、そういう意味で非常に狂おしい本である。「獄中実録マンガ」であるから、当然舞台は刑務所の中。印象的なのは内部の詳細な描写だが、とりわけ日々の食事内容が、作者の記録と記憶と熱意を元に実に密度濃く再現されている。

質素な献立《こんだて》である。お酒がつくわけもない。だが、麦ご飯にみそ汁、納豆《なっとう》、梅漬けという朝食を「こんなにうまいものとは知らなかった」と味わい、春雨スープの「でっかい肉」を喜び、正月のごちそうを事細かく思い起こして「食いすぎ」の余《よ》韻《いん》に浸《ひた》る姿を見ていると、もういてもたってもいられなくなる。パンとフルーツサラダと小倉小豆《おぐらあずき》と牛乳なんて、何一つ私の好きなものはないのに、それでも仮釈放取り消しの危険を冒《おか》して隠れ食いする受刑者の気持ちが理解できる気がするのだ。

食べたくても食べに行けないというよりは、食べたいのかどうかすらわからない刑務所の食事。その破壊力と魅力を余すところなく伝え、時に「おいしい」の意味すら崩壊させる本書は、一ミリたりともレシピを知りたいとは思わせない不思議なグルメ本のようである。というのは言いすぎだけど。

呑んで読んで『北海道新聞』二〇一五年二月十五日付

寝ている間に解決するかも

いつのまにか春。今年も確定申告についてここでグチる気満々だったが、タイミングが合わずに時期を逸《いっ》してしまった。終わってしまえばどうでもいいので、今は急に制度が変わるかなんかして、払った以上の還付金が戻ってくるよう祈るばかりである。

それにしても今年の申告準備は眠かった。数字を見ると吸い込まれるように眠くなる。催眠ガスでも出ているんじゃないか、出しているとすれば8が怪しい、あの二つの丸い穴からしゅわーっと、と思っているうちに一瞬意識が遠のく。まるで、村上春樹の「眠い」（講談社文庫『カンガルー日和《びより》』収録）みたいだと何度も思った。「眠い」は他人の結婚式に出るたび、なぜか激しい眠気に襲われる男の話なのである。

私の場合は数字が出す催眠ガスだが、彼の場合は卵型の白いガス体である。それが披露宴《ひろうえん》の料理の上にぽっかり浮かび「いいよ、いいよ、もう我慢してないで寝ちゃおうよ」とささやきかけるのだ。実に魅惑的な誘いである。が、もちろん寝ている場合ではなく、それでも眠り込んでしまいそうになる彼に、同席した「彼女」はこう言い放つ。「要するにあなたはいつまでも子供でいたいのよ」と。彼は彼女に言い返すことができない。

大人になるとはどういうことか。責任とは何か。好きではないがやらなければならない事柄を前にどう振る舞うべきか。なるほど、この短い物語には、実はそんな深い問いも隠されていた……かどうかは知らないが、私自身は「寝たらその間にこびとさんが何とかしてくれるかも」と考える安易なタイプで、今年の申告もギリギリだったのである。

呑んで読んで『北海道新聞』二〇一五年四月五日付

ハッピーな笑顔 効力どこまで?

小ぶりの不幸が続いている。携帯電話が水没し、キーボードとマウスが壊れ、車のバッテリーが上がり、扉がぱかぱかになった冷蔵庫の修理を頼んだら「これがふつうです」と妙なことを言われ、おまけに太った。私という人間の器《うつわ》に合った実に小さな不幸ではあるが、地味にダメージは受けるわけで、この程度でこれだけ疲れるなら、平安寿子《たいらあすこ》『素晴らしい一日』（文春文庫）の幸恵の心労はいかばかりであったかとしみじみ考えさせられたのである。

幸恵は三十代。とある事情から、正社員の座とエリート銀行員の恋人をほぼ同時期に失った。堅実を好み、「貯金が減ったことに心底おびえた」幸恵は、二年前の借金二十万円の取り立てを決意する。のだが、その相手の友朗が、まあ絵に描いたような「憎めないけどダメなやつ」なのだ。幸恵を「最高にハッピー」な笑顔で迎えるも、当然返せるお金はない。そこで「複数の人から少しずつ借りて返す」案を思いつき、幸恵と知人を訪ね歩く。反応はさまざまだ。誰もがすんなり貸すわけではないし、嫌みを言う人もいる。それでも友朗は例の「最高にハッピー」な笑顔で、けろりと頭を下げ続ける。

このしょぼくれた一日が、なぜ「素晴らしい」のか。どこか妙な話であるが、それでも最後、幸恵も読者も心が軽くなるのは確かだ。笑顔が大事、という薄気味悪い教訓話でなく、友朗というダメ男の醸《かも》しだす浄化《じょうか》作用にやられるのだろう。

読後、その作用が、どの程度の不幸まで通用するのか見てみたいと本気で思った。破産や離婚や冷蔵庫の扉のぱかぱかにまで効《き》くのか。あるいはここがギリギリなのか。幸恵にぜひ試してほしい。

呑んで読んで『北海道新聞』二〇一五年五月十七日付

日常を脅かす「変な人」

私は思想信条をほとんど持たない人間であるが、それでも一つだけ厳守している個人的なルールがある。「日が暮れたら幽霊の出てくる本は読まない」。子供のころはこのあたりの決まりが確立できておらず、寝る前に怖い話を読んでは夜中に親を起こしたものだが、今や私も立派な大人である。自分の心くらいは自分で守らなければならないのだ。

工藤美代子《くどうみよこ》著『ノンフィクション作家だってお化けは怖い』（KADOKAWA）も、もちろんそのルールにのっとって読んだ。著者は硬派なノンフィクション作家であると同時に、自らの身に起きた奇妙な体験を伝える語り部でもある。幼いころから見えたという「変な人」。この世の者ではない彼らとの邂逅《かいこう》の物語が十三編、この本には収められている。そのすべてがじわりと怖い。

なにより恐ろしいのは読者を怖がらせようとしていないところだ。「いかにも」な設定はほとんどない。夜中に山奥で道に迷ったりしないし、古いトンネルでエンストもしないし、いわくつきの病室に入院することもない。あるのはただの日常である。昼間の住宅街や通い慣れた仕事場、そして母や兄の暮らしていた実家。けれども、そんな見慣れた景色の中に不意に現れる「変な人」にこそ、われわれの恐怖心や想像力は駆り立てられる。自分には見えないだけで、今こうしている間にもきぬ擦《ず》れの音をさせながら廊下を近づく者がいるかもしれない。そう思わずにはいられないからだ。

明るい時間帯に読み進めた本書。読後、決まりごとがひとつ増えた。「もし変な人が見えても目を合わせてはならない」。合わせると大変な目に遭《あ》うらしいよ。

呑んで読んで『北海道新聞』二〇一五年八月十六日付

「捨て」の達人の独り言

じわりじわりと物が増えている。十年くらい前に、何かに取りつかれたように部屋を片付けた時、「一つ買ったら一つ捨てる」をおのれに言い聞かせたはずなのに、気がつけばまた物がいっぱいだ。どうして。いったい私の何が悪いのか。誰か「すっきり暮らすコツ」を教えてくれまいか。

と考えている人にはまったく参考にならないのが、中崎《なかざき》タツヤ『もたない男』(新潮文庫)である。タイトルどおり物を極端に減らし、必要最小限しか持たない暮らしをしている著者。いわゆる「断捨離《だんしやり》」の達人かと思いきや、しかしどこにもそんな話は出てこない。出てくるのは、著者の極端な捨て生活(ボールペンは減ったインクに合わせて軸を削《けず》る、本は読み終えたページから破く、服は同じ物を三枚着回し、他に気に入ったものが見つかると捨てる)ばかり。漫画家でありながら、仕事の資料も原稿もすべて処分した著者の捨て生活と、そこに至るまでの心情が、生い立ちを含めて淡々と語られるのだ。

いってみれば全編独り言。買っては捨てるという矛盾に満ちた衝動《しょうどう》に向き合いつつ、捨て行為がもたらす快楽を丹念に確認する。その冷静な分析と大胆な捨てのギャップに、読者は戸惑《とまど》いつつも引き込まれていくのだ。印象的なのは、仕事部屋の写真である。がらんどうの部屋にあるのは、小さな机とわずかな仕事道具、そして手製の枕だけ。「捨て」の先に広がる、怖いような潔《いさぎよ》いような奇妙な光景が忘れられない。

ちなみにこの本、独り言なだけあって、終わり方も唐突。「え？　ここで？」と思わず声が出た。

呑んで読んで『北海道新聞』二〇一五年九月十三日付

お風呂タイムの本は……

以前、別のところにも書いたが、お風呂《ふろ》で読む本を選ぶのは意外と難しい。裸という無防備な姿であるから物騒なものは避けたいし、鏡に血だらけの女の人が映る類《たぐい》のものも困るし、読みかけの本では先が気になってのぼせてしまう。誰も殺されず、登場するのは生身の人間で、できれば既読本で、さらには重さを考慮して文庫本となると、必然的に選択肢は狭《せば》められる。

最近はカタログハウス編『大正時代の身の上相談』（ちくま文庫）をもっぱら浴室に持ち込んでいる。大正時代の新聞に掲載された人生相談が百二十九編、悩める読者と回答者の大真面目《おおまじめ》なやりとりは百年の時を経て生々しさが消え、どことなく軽く明るくなっている。その脱力具合がお風呂タイムにぴったりなのだ。

相談内容は現代とほとんど変わらない。浮気をする夫がいて、初婚だと嘘《うそ》をついて結婚したバツイチの妻がいて、「若い娘さん」のことで頭がいっぱいの男子学生がいて、芸者に憧れる女の子がいて、仕事か結婚かで迷う女医がいる。時代背景は大きく異なるが、人の心の中はいつの世も同じ。どんな価値観の中にあっても、他人に軽《かろ》んじられること、不実を目の当たりにすることに、結局、怒り悲しむのだと改めて思い知る。

夜、のんびり湯に浸《つ》かりながら大正人の悩みをニヤついて読む。悪趣味ではあるが、時がたてばたいていのことはこうして笑えるのだと安心したりもする。われわれの悩みも百年後の人はきっと笑い飛ばすだろう。ぜひそうあってほしい。ちなみに「異性で頭がいっぱい」の時は、寝る前に冷水で頭を洗うといいんだって。ほんとかよ。

呑んで読んで『北海道新聞』二〇一五年十月十八日付

やはり守るべき 風呂本の掟

覚えておられるだろうか。前回のことを。風呂で読む本について、私があれこれ講釈を垂れたことを。曰《いわ》く、幽霊が登場せず、誰も殺されず、できれば文庫で、なおかつ既読本。裸で一人という状況を鑑《かんが》み、慎重に慎重を重ねて風呂本は選ぶべきだと訴えたことを。

その掟《おきて》を公表してほどなく、私は一冊の本を入浴中の湯船に落とした。『微笑《ほほえ》む人』（貫井《ぬくい》徳郎《とくろう》著　実業之日本社文庫）。幽霊は登場しないが、疑惑も含めて人がどんどん殺され、文庫ではあるものの、既読ではないという、あれだけ偉そうに語った掟が半分しか守られていない本である。どうしてそんなことになったかといえば、単に早く続きが読みたかったのだ。

『微笑む人』は先の気になる物語である。本が増えて家が手狭《てぜま》になったからという理由で妻子を殺した男。頭がよくて穏《おだ》やかで紳士的で謙虚で公平でと、周囲が語る男の評判はすこぶるいい。だが、事件に興味を抱いた一人の作家が男の過去を調べていくうち、聖人君子のような姿に別の顔が見えてくるのだ。

本性《ほんしょう》はどれか。誰がそれを見抜くのか。ちりばめられた謎《なぞ》に読者の気《せ》は急くが、事はそう簡単には進まない。謎解きから人間の存在自体の曖昧さへ。物語は、安易な「本当の顔」を求める我々を弄《もてあそ》ぶかのように舵《かじ》を切り、その割り切れなさを存分に見せつけたまま終わるのだ。好き嫌いの分かれそうなラストは、裏が表となり表が裏となる、人の心の奇妙な歪《ゆが》みそのものでもあるのだろう。

結局、湯船に落とした本は、二日かけて乾かした。先を急いだ挙句《あげく》のおあずけはバカみたいで、やはり風呂本は掟を守るに限るのだった。


呑んで読んで『北海道新聞』二〇一五年十二月六日付

正月の宿酔がさめたら

毎年嘆《なげ》いていることだが、お正月というのはどうしてあっという間に去ってしまうのか。ゆっくりしているのは元日だけ、二日の午後には早くもそわそわし始め、三日には既に帰り支度を整えている。長居をして構わないと伝えてあるのに実にそっけなく、すぐに日常という名の現実をちらつかせ始めるのだ。

『一病息災』（内田《うちだ》百閒《ひやっけん》著　中公文庫）に収められた「養生訓《ようじょうくん》」でも、百閒先生がその正月明けの現実と闘っている。持病のため医者から酒を制限されている百閒先生。しかし薬も真面目に飲んでいることだし、「もう少少ぐらゐ破目《はめ》を外《はず》しても大した事はなからうと私のほうがきめて」、年末年始にかなりの酒宴を繰り広げてしまった。我《われ》に返ったのは、正月の松が取れた頃である。かかりつけの医者が往診に来ると聞き、「お正月の宿酔《しゅくすい》が一時にさめた様な」心持ちとなるのだ。

ピンチをどう乗り越えるか。不良生活をごまかす術《すべ》はないものか。悩んだ百閒先生は、やがて一つの方法を思いつく。それがまた「正月引き伸ばし作戦」とでも呼びたいような、私を含めた世界中の酒好きがにやにやと頷《うなず》きそうな奇策なのだが、詳細は本編を読んでいただくとして、この「養生訓」には随所に様々《さまざま》な言い訳がちりばめられている。医者の言いつけを守らない言い訳、酒が過ぎた言い訳、受診をさぼった言い訳。反省と詭弁《きべん》を交えながらの滋味《じみ》あふれる語り口は趣《おもむき》深く、と同時に、透けて見える正月と現実のせめぎあいがおかしくも切ない。ああ、日常とは何と面倒なものか。身につまされながら、この後、百閒先生が長生きしてくれて本当によかったと思う一編である。

呑んで読んで『北海道新聞』二〇一六年一月十日付

日常一変、戸惑い、苦悩

毎日家にいるので、毎日ご飯を作っている。正直、面倒くさい。あまりに面倒なので、景気づけに労働歌を作った。こんな歌詞だ。「作ってー食べて洗ってー死んでいくー」。それをエンドレスで歌いながら、キャベツを刻んだりしている。ある意味、平和といえなくもない。

夫に放火の嫌疑がかかるまで、『邪魔』（奥田英朗《おくだひでお》著　講談社文庫）に登場する恭子も、似たような暮らしを送っていた。さすがに労働歌は歌わないが、家事とパートと子育ての繰り返しの日々である。家族は、会社員の夫と二人の子供。永遠に続くかと思うような平穏であった。それを放火事件が乱暴に断ち切ったのだ。

夫の容疑を知った瞬間、すべての景色が一変した。衝撃は大きかった。何をどうしたらいいかわからず、動揺と混乱に震える恭子が向かった先はスーパーである。

夕飯はカレー。そう決めて買った食材を切り、炒《いた》め、アクを取り、煮込む。辛い現実に目をつぶり、必死に作る「いつものご飯」は、何も知らない子供たちのためであると同時に、彼女自身のためでもあったのだろう。いつもどおり振る舞うことで、昨日までの生活が今も続いていると信じたかったのだ。

恭子だけではない。最愛の妻を事故で亡くした刑事、その刑事に〝おやじ狩り〟を仕掛けてしまった高校生。ここには、現実を見ないことで幸せを取り戻そうともがく人々が他にもいる。彼らの弱さと日常の脆《もろ》さ。二つが絡み合いながらそれぞれの終わりへと向かうラストに、「続く」ことの幸福と不幸が見える物語だ。

ちなみに私の労働歌は「歌えば歌うほど陰鬱《いんうつ》な気持ちになってどうしてくれる」と評判なので、皆さんもぜひ試してください。

呑んで読んで『北海道新聞』二〇一六年二月二十一日付

もやもやしないドラマにもやもや

もやもやしていないことに、ずっともやもやしている。何の話かというと、ドラマの最終回である。NHKのBSプレミアムで一月のはじめから放送されていた連続ドラマ、その最後があまりに予想外だったのだ。予想外というか、原作とは全然違っていた。原作は、近藤史恵《こんどうふみえ》著『はぶらし』(幻冬舎)である。

『はぶらし』は、終始もやもやした物語である。始まりは一本の電話。ある女性脚本家の元に、シングルマザーとなった高校時代の部活仲間が、一週間だけ泊めてほしいと泣きついてくる。期限付きで受け入れたものの、彼女との暮らしはどこか妙だ。善意と悪と嘘と真実が入り交じり、正体不明のもやもやとなってやがて生活を脅《おびや》かす黒い影へと姿を変えてゆく。

独身の女性脚本家と無職のシングルマザー。小さなずれと違和感を積み重ねる彼女たちの暮らしは、「もしあなたならどうするか」と、読者に問いかけ続ける。長年没交渉だった部活仲間が子連れで現れたら何と言葉をかけるか、合鍵《あいかぎ》を渡した判断は正しかったのか、病気の子供にどう接するべきなのか、そして人はどこまで親切であるべきか。

正解のない選択の後、物語はラストを迎える。そこで明らかになる一つの真実は、救いではあるが正解ではない。本当にあれでよかったのか。他に方法はなかったか。主人公と同じように読者も迷いを引きずるだろう。後味は決してよくない。しかし、その黒いもやもやした割り切れなさこそが本書の妙味《みようみ》なのだ。

と思っていたのに、ドラマ版ではあっさり正解が提示されていた。そんなバカな。とりあえず私の大事なもやもやを返してほしい。

呑んで読んで『北海道新聞』二〇一六年四月三日付

小さな躓きで日常崩壊

毎年同じ時期に同じことを愚痴《ぐち》っているので、もう時候の挨拶《あいさつ》と思ってもらって構わないが、今年も確定申告で疲れ果てた。パソコンの会計ソフトがなぜか開けないという現代社会の落とし穴的な不運に見舞われたせいで、例年以上の混乱であった。パニックの中、涙目で思い出していたのは、『臣女《おみおんな》』（吉村萬壱《よしむらまんいち》著　徳間書店）の一文である。「一旦《いったん》何かで躓《つまず》くと、やらなければならない事が驚くべき勢いで膨《ふく》らんで後から後から流れてくる」

『臣女』は日に日に巨大化する妻と暮らす男の物語だ。巨大化のきっかけは男の不倫。まるで心の痛みを身体で受け止めたかのように、妻は人ではない姿に変化し続ける。どちらにとっても孤独で過酷な生活だ。妻は痛みの発作に苦しみ、夫は社会生活をなんとか続けようとしながらも、巨大妻の異様な食欲と排泄物の処理に押し潰《つぶ》されてゆく。

日常は頑《かたく》なで、だからこそ脆い。古新聞、郵便チラシ、光熱費・家賃、洗濯物、汚れた食器、空腹感、埃《ほこり》、塵《ちり》、黴《かび》。細々《こまごま》とした「やらなければならない事」、その小さな一つに躓いただけで、生活はあえなく崩壊する。家計はパンクし、仕事を失い、糞尿《ふんにょう》は家からあふれ出るのだ。

私の確定申告と妻の巨大化とを同列に扱ってはいけないが、誰もが恐れる崩壊の過程をつぶさに見せてくれるという点では、本書は決して他人事《ひとごと》ではない。身近なリアリティを積み上げた荒唐無稽《こうとうむけい》がいかに胸に迫るか、ぜひ味わってもらいたい。

ちなみに本作品は第二十二回島清《しませ》恋愛文学賞を受賞した。「脱糞」「糞尿」「便」といった単語が頻出《ひんしゅつ》するが、実に美しい恋愛小説なのである。いや、ほんとだって。


呑んで読んで『北海道新聞』二〇一六年五月十五日付

悪夢……力士に追われるよりはまし

わりとよく悪夢を見る。悪夢といってもたいていは飛行機に乗り遅れそうだとか、法事の引き出物として賞味期限切れのお菓子を配ってしまったとか、私という人間の小ささを端的に表すものだが、時には殺人鬼に追われることもある。あれは本当に怖い。逃げても逃げても終わりがない。まるで「走る取的《とりてき》」（筒井康隆《つついやすたか》著　新潮文庫『メタモルフォセス群島』収録）じゃないかと思う。

「走る取的」は、「おれ」とその友人が、ひたすら取的（幕下以下の力士）から逃げる物語である。遊びなどではもちろんない。酒場での彼らの軽口に怒った取的が、店を出た二人を執拗《しつよう》に追いかけてくるのだ。取的は走る。「息苦しげに顔を膨れあがらせ顎《あご》を前へつき出し」「信じられぬほどの速度で」彼らを追う。怒りを漲《みなぎ》らせた形相《ぎょうそう》は、とてもこの世のものとは思えない。バー、交番、電車、駅。彼らは様々な場所へ逃げ込むが、しかし、どこに隠れようとも必ず取的は現れるのだ。獣《けもの》のような巨体を、尋常ではない怒りで膨らませて。

不気味なのは、取的が言葉を一切発しないことである。発するのは、怒りの視線と明確な殺意、そして強烈な「汗の匂い」だけ。結局、何が起きたか本当のところを説明されないまま、「おれ」も読者もその無言の意思に追い詰められていく。行き着く先にあるのは絶望だ。

これは悪夢によく似た物語である。理不尽で不条理で、こうなったら嫌だなと思うことがことごとく目の前に現れる。後味も悪く、「相撲《すもう》取りを睨《にら》んではいけない」という以外、これといった教訓もない。ただ、怖い夢にうなされた時には、救いとなる。「あの取的に追われるよりはまし」と思うと、ばくばくとした心臓が鎮《しず》まるのだ。

呑んで読んで『北海道新聞』二〇一六年六月十九日付

無人島から脱出するには

夏になると無人島本を読みたくなる。『十五少年漂流記』が夏休みの課題図書だったせいだろうと思う。生まれたての雛《ひな》が目の前のものを親だと思うように、無垢《むく》な少女だった私の心に「夏は無人島」と刷り込まれてしまったのだ。

たとえば、『漂流』（吉村昭《よしむらあきら》著　新潮文庫）。江戸時代、伊豆鳥島に漂着した土佐《とさ》の船乗りの物語である。

不運な人たちである。時化《しけ》に遭い、船も米も水も火種も失って命からがら辿《たど》り着いた島もまた、水や木のない不毛の地であった。唯一の食料はあほう鳥。鳥を捕《つか》まえては生肉を食べ、羽で着物を作る。飲み水は卵の殻に溜《た》めた雨水である。

飢えることはなかったが、悲嘆と絶望に病《や》み、男たちは次々と命を落とした。生きることと生き続けることは違う。残ったのは、水主《かこ》の長平ただ一人。彼は結局、十二年半に及ぶ年月を島で暮らすことになるのだが、その気の遠くなる年月、彼を支えたのは、一貫した意志と知恵、そしてある種の諦観《ていかん》であった。数年後、島に流れ着いてきた他藩の船乗りたちに長平が言う。「いくら愚痴を言ってみても、なんの益もないことがわかります。所詮叶《しょせんかな》わぬ望みであるとさとれば、そこから生きる力のようなものが湧いてくるのです」

これがフィクションなら「またまたきれいごとを」と本を閉じるところだが、本書は史実に忠実である。実際、彼らは自作の船で最後は島を脱出した。生きようとする力が奇跡を起こしたのである。

『十五少年漂流記』を読んだ時、「大人がいないのに、なんで勉強なんてしてんだよ」と非常に衝撃を受けたが、確かに彼らは正しかったのかもしれない。希望を支える知恵と秩序が命を救うのだ。

呑んで読んで『北海道新聞』二〇一六年七月三十一日付

ちょっと！ それからどうなったの？

「どうなった小説」というものがある。どこにあるかというと私の中にあるのだが、つまりは読み終えた瞬間に「ちょっと！ それからどうなったの？」と作者を問い詰めたくなるような小説のことである。

すぐに思い浮かぶのが、井上荒野《いのうえあれの》の短篇「遊園地」。夫がいて妻がいて、小さな子供が一人。どこにでもありそうな家庭の、その「平凡」の薄皮《うすかわ》が、一行読み進むごとにめりめりと剝《は》がされていくような物語である。

語り手は妻だ。夫婦が未入籍であること、夫の出張が長く頻繁《ひんぱん》であること、そして夫に別の家庭があると告げる電話がかかってきたこと。思いがけない事実が、彼女の言葉で次々と明かされる。

今までの生活に違和感がなかったわけではない。しかし、それには目をつぶり、曖昧を幸せと変換して、妻は日常を築いてきた。見ないことで守られてきた「平凡」は、目を開けた瞬間に実体を失ってしまう。夫が時計を見る、着替える、息子に話しかける、食事をする。幸せの象徴だったはずの風景が、今まったく別の意味をもって迫ってくるのだ。

そんな時、息子がちょっとした事件を起こす。対処に迷ったまま、親子三人で訪れた遊園地。そこで、妻は短いけれど決定的な一言を夫に投げかける。誰も何も断言せず、何かに形を持たせることですべてが壊れてしまうと怯えているかのようなこの物語の中で、初めてはっきりとした輪郭《りんかく》を持った言葉である。読む側にも緊張が伝わるラスト、夫はそれにどう答え、そして彼らはどうなるのか。

この小説が収録された『そこへ行くな』（集英社文庫）には、他にも「どうなった小説」が収められている。描かれなかった「誰かの先の人生」にもやもやしてほしい。

呑んで読んで『北海道新聞』二〇一六年九月十一日付

味のない塩ラーメンは罠？

先日とある店で、ほとんど味のない塩ラーメンを食べた。スープに塩の気配が皆無。自分の舌が変なのか。調味料を入れ忘れたのか。はたまたこういう味付けなのか。混乱のうちに食べ終わり、呆然《ぼうぜん》としながら思い出すのは宝食堂である。桜木紫乃《さくらぎしの》著『蛇行《だこう》する月』（双葉文庫）に登場する、古くて狭いラーメン屋だ。店主は元和菓子職人。家庭を捨てて店の女の子と駆け落ちし、北海道から東京の外れに流れ着いた。彼の作る料理は総じて不味《まず》い。冷やし中華はむせるほど酢が利《き》き、ラーメンスープは味が濃すぎて喉がひりひりする。それを「おいしい」と信じているのは、「妻」の順子だけだ。

物語は、その順子にかかわる女たちの語りによって進む。高校の同級生や母親、あるいは夫の本当の妻。第三者の目を通して順子の人生が徐々に浮《う》き彫《ぼ》りになっていく。

彼女たちの目に映る順子は、いつも笑顔だ。笑顔で一途《いちず》で迷いがなく、だからこそ順子に会う人は皆心がざわつく。寂れきった商店街の逃げ場のない生活を「しあわせ」と言い、貧しさにあえぐ日々を「今がいちばんいい暮らし」と微笑む順子のちぐはぐさに、誰もが戸惑うからだ。むせるようなラーメンを「おいしい」と言い切るのと同じように、誰にも見えない「しあわせ」の風景を見ている順子に人は言葉を失う。

小説の中で最後まで順子だけが自分の幸福を疑わない。そして「しあわせ」というものの本質を問いかけ続ける。笑顔の中の刃のようなその問いに読者は背筋を冷たくするのだが、それはそうと私の食べた塩ラーメン、もう一度挑戦して味を確かめたい気持ちが湧き上がっていて、ひょっとして店側の巧妙な罠かもしれない。

呑んで読んで『北海道新聞』二〇一六年十月二十三日付

幻想の森に潜むナイフの凄み

十二月の声を聞くと読み返したくなる本がある。『ちいさなちいさな王様』（アクセル・ハッケ作／ミヒャエル・ゾーヴァ絵　講談社）。平凡で悩み多きサラリーマン「僕」の部屋に、ある日突然現れた「人差し指くらいの」小さな王様の物語だ。

王様はいかにも王様然としている。でっぷりとしたお腹《なか》、ビロードの深紅《しんく》のマント、錫《すず》の杖《つえ》、頭には王冠。身体の半分ほどもあるグミにかぶりつきながら、王様はいつも自分の暮らす不思議な世界の話をする。歳《とし》とともに身体が小さくなり、やがてけしつぶのように「消えていく」人生についてだ。そこでは小さくなるほど多くのことを忘れ、自由な心を手に入れるのだという。だからこそ王様は「僕」を憐《あわ》れむ。どうせ「最後にいなくなる」のに、赤ん坊として生まれ、少しずつ大きくなっていくのは非論理的だからだ。王様は言う。「大きくなるっていうのは、すばらしいことなのだろうか？」

王様の話は単純なようでいて、その実、禅問答のような複雑さに満ちている。生きるということ、死ぬということ、大人になること、老いること。柔《やわ》らかな文章と美しい挿絵《さしえ》に油断していると、いつのまにか喉元に哲学的問題を突きつけられている。幻想の森に潜《ひそ》むナイフのような凄《すご》みが本書の真骨頂《しんこっちょう》だ。

王様と過ごすことで、「僕」の目にはいつもと違った景色が見えるようになる。それは「大きくなる」ことと引き換えに失ってしまった、もう一つの世界である。その忘れていた景色が、徐々に読者の前にもくっきり立ち上がってくるのだ。

王様の名前は「十二月王二世」。一年の終わり、時の早さに目を回しながら日常に追い立てられる季節にこそ読んでほしい。

呑んで読んで『北海道新聞』二〇一六年十二月四日付

新年を全力で寿ぎ悔いなし

例によって、今年のお正月も箱根駅伝を見ながらお酒を飲んでいるうちに過ぎてしまった。新年を全力で寿《ことほ》ぐ意味では何の悔《く》いもないが、それでも飲んで食べてちょっと初詣に出かけただけで三が日が過ぎるというのもなかなかのものだ。

すがすがしくも、おごそかな祝日。

元日をそう呼ぶのは、田辺聖子《たなべせいこ》著『田辺写真館が見た〝昭和〟』（文藝春秋）である。田辺写真館は著者の生家。そこから見える戦前の風景を切り取ったエッセイ集だ。

当時の生活において、元日は「特別」な日である。子供たちもいつもより早起きをして念入りに身なりを整え、神仏や家族に挨拶をする。台所では母や叔母《おば》たちが賑《にぎ》やかに立ち働き、男たちは記念撮影のお客さんに備えて腹ごしらえ中だ。彼らに交じってお雑煮《ぞうに》を食べた後は、新年の式典のために学校へ行かなければならない。もちろん町の様子もいつもとは違う。道路は掃き清められ、門松《かどまつ》や門幕で家々も正装している。式は厳粛。が、それが終わると紅白饅頭《まんじゅう》をもらい、晴れ着に着替えて友達と天神様へ繰り出すのだ。

晴れやかな空気の中、新しい年を直截《ちょくせつ》に祝う市井《しせい》の人々の姿が浮き上がり、思わず我が身を振り返る場面でもある。私も毎年飲んで食べてテレビばかり観《み》ていていいのか。いや、いいんだろうが、でもいいのか。

「昔の正月一日は寒かった」と本書は言う。それは気温だけではなく、新年を迎えた人々の澄《す》んだ心持ちがもたらす清涼《せいりょう》さのせいでもあったに違いない。

一九四五年（昭和二十年）、「田辺写真館」は空襲で焼け、生活も町の景色もがらりと変わってしまう。戦前のお正月風景を私は知らないけれども、懐かしいような切ないような一冊である。

呑んで読んで『北海道新聞』二〇一七年一月二十二日付

誰のために、どう祈るのか

この冬、インフルエンザ流行のニュースを見聞きするたびどきどきしていた。去年の暮れ、某所のクリスマスツリーに下げられた「インフルエンザに苦しめ」の短《たん》冊《ざく》を思い出したからである。誰が書いたか知らないが、あの願いが全国規模で叶ったのではと心配になったのだ。

津村記久子《つむらきくこ》著「サイガサマのウィッカーマン」（角川文庫『これからお祈りにいきます』収録）は、小さな神様を祀《まつ》る町が舞台だ。神様の名前はサイガサマ。サイガサマは人の願いを叶えるかわりに、身体の一部分を持っていってしまうという。そこで心臓や脳など、これだけは残してほしい部位を紙や粘土で工作し、毎年冬至《とうじ》の祭で燃やすのが、この町の習《なら》わしだ。

物語は、アルバイトとして祭に関《かか》わる高校生シゲルの視点で進む。顔一面の吹き出物、崩壊しそうな家族、淡い恋心。サイガサマの存在を信じない彼もまた、いくつもの悩みを抱えている。自分一人ではどうにもできない理不尽に時にいらだちながら、他人の「願い」に接しているのだ。

サイガサマを信じているのは、ごく普通の人々である。特別に信心深いわけでも、修行をしているわけでもない。違う点があるとすれば、「大切な誰か」がいつも心の中にいることだけだ。だが、その覚悟にも似た祈りが、シゲルの頑《かたく》なさをほぐしていく。悩み多き高校生。その人生がどこへ向かうかはわからないが、若者らしい明るさ漂《ただよ》うラストにはどこか幸せな気持ちになる。そう、これは誰かが誰かの幸せを願う物語なのである。

と美しく〆《しめ》たのはいいが、それはさておきクリスマスツリーに願い事をぶら下げる文化は何なのか。七夕《たなばた》もしくは絵馬《えま》と混じっていないか。なぜ誰も止めない。

続呑んで読んで『北海道新聞』二〇一七年三月五日付

タブーに挑む「あかんたれ」

最近、ドラマ『あかんたれ』にハマっている。子供の時以来なので、登場人物の皆さまとは実に数十年ぶりの再会である。皆さん変わっていなかった。再放送だから当然ではあるが、記憶のまま店ぐるみで秀太郎に辛くあたっていた。

店とは、大阪船場《せんば》の呉服問屋・成田屋《なりたや》。秀太郎は、主人の「てかけ（妾《めかけ》）の子」として生まれた男の子である。

父の遺言により、秀太郎は八歳で成田屋の丁稚《でっち》となる。ドラマでは健気《けなげ》な彼がいびられるシーンが強烈で、そのたびに「おのれ成田屋めー」と怒りに震える私だが、実は原作の小説『あかんたれ　土性っ骨』（花登筺《はなとこばこ》著　文春文庫）の印象は少し異なる。そこで描かれるのは、明治半ばの旧弊な船場ルールをじりじりと打ち崩していく秀太郎の姿だ。

卑屈《ひくつ》なまでにおのれを低くし、正妻や腹違いの兄姉たちを立てる。その一方、親譲りの商才と意志の強さで成田屋を救う。のれんや店の格といった古いしきたりにがんじがらめになって先細っていく成田屋を、皮肉にも因習《いんしゅう》の犠牲者のような秀太郎が、雨粒で岩を穿《うが》つような辛抱《しんぼう》強さで立て直していくのだ。

古くさいようでいて、旧習を破り続ける物語である。いわゆる玄人《くろうと》筋ではないお妾さん、その息子の入店、呉服屋から肌着へ格落ちとでもいうべき商売替え。タブーを越えて新しい価値観を生み出す苦難が、冒頭から一貫して描かれている。

最後、どれだけ請《こ》われても、秀太郎は主《あるじ》にならない。正妻筋に店を渡し、母親の元へ帰る。まるでのれんに呑み込まれることを拒否するかのような、象徴的なラストなのだ。

それにしても、ドラマ版に出てくる「ご分家はん」の憎らしいこと。あの憎らしさだけでご飯三膳《ぜん》はいける。

続呑んで読んで『北海道新聞』二〇一七年四月九日付

助さん格さんは大切なのだ

今年の秋、TVドラマ『水戸黄門《みとこうもん》』が復活するらしい。改めて説明するまでもないが、水戸の光圀《みつくに》公が、助《すけ》さん格《かく》さんという最強の家来を引き連れて諸国を漫遊する話である。行く先々で悪いやつを懲《こ》らしめ、皆でわっはっはと笑って終わる。悪人が登場するにもかかわらず、毎回実に平和なストーリーだ。

その昭和の平和に慣れた身には、『代償』（伊岡瞬《いおかしゅん》著　角川文庫）はつらかった。何がつらかったかというと、悪人の悪人っぷりがつらかった。『代償』の主人公は平凡な家庭に生まれた圭輔。両親とともに幸せに暮らしていたが、遠縁の子、達也と出会ったことから人生が一変する。既に犯罪と暴力の気配をまとった達也のもたらす不穏《ふおん》な気配が、圭輔の愛するものを根こそぎ奪っていくのだ。その仕打ちは容《よう》赦《しゃ》がなく、しかも終わりが見えない。助けを呼ぼうにも、『代償』の世界に黄門様はいないのだ。真っ黒な邪悪さの前に、圭輔も読者もただ絶望するしかないのである。

それでも圭輔は挫《くじ》けなかった。人生を諦めず、やがて弁護士となる。片や達也は強盗《ごうとう》致死事件の被告。関係は逆転し、弁護人の圭輔に達也が初めて頭を下げる……かと思いきや、まったくそんなことはない。弁護士バッジは印籠《いんろう》とはならず、裁判すら弄ぶ達也の悪意に、圭輔はまたもや呑み込まれそうになるのだ。

そう、本書は胸のすくような復讐《ふくしゅう》劇ではない。底なし沼のような邪悪さと、そこから懸命に抜け出そうとする弱い人間の物語である。圭輔は終始もがき続け、読者の血圧は上がり続ける。唯一の希望は友情だ。圭輔を守り、ともに闘う友人がこの重苦しい物語を最後に救う。それがなければ読み終えられなかったかもしれない。助さん格さんはやはり大切なのである。

続呑んで読んで『北海道新聞』二〇一七年五月七日付

もう一つの人生のほろ苦さ

ドラえもんの「ひみつ道具」を一つだけ貰《もら》えるとしたらどれにしようかと、大人になった今もたまに考える。幼い問いに思えるが、これがなかなか難しい。何十年も考え続けているのに、未《いま》だ答えがでない。

垣谷美雨《かきたにみう》著『後悔病棟』（小学館）では、主人公の女性医師がまるで「ひみつ道具」のような聴診器を拾う。患者の心の声が聞こえる聴診器。相手の気持ちがわからず、いつも患者を傷つけてしまう彼女にとっては、まさに未来からの贈り物だ。

ただし、誰の声でも聞けるわけではない。共通しているのは、死期が近いことと、人生に強い後悔を抱いているということ。

あの日、映画のオーディションを受けていたら。娘の結婚を許していたら。仕事より家族を大事にしていたら――。

死を前にした後悔は具体的で生々しい。聴診器からは叫ぶような思いが伝わってくる。詮無《せんな》い願いが動けない身体からあふれたその時、もう一つの不思議が起きる。過去への扉が開くのだ。患者は病院のベッドに横たわったまま時間を遡《さかのぼ》り、選ばなかった人生を疑似体験する。不思議な聴診器は、患者にとっても「ひみつ道具」だったのである。

無数の出会いと選択が絡み合って織りなされる生涯。それを悔いなく終えるとはどういうことか。現実離れしたストーリーから見える光景は、意外なほどほろ苦い。選ばなかったもう一つの人生もまた等しく重いと知らされるからだ。

ちなみにドラえもんの「ひみつ道具」、第一希望は「フエール銀行（一時間ごとに利息が十％つく）」なのだが、そのわけのわからない銀行の利子所得は税務署的にはどうなのか。そこが気になる。

続呑んで読んで『北海道新聞』二〇一七年六月十八日付

痛みの予感に疲弊する

数年ぶりに歯医者に通っている。大人なので平静を装っているが、実は毎回びくびくしている。歯医者は怖い。治療ではなく、予感が怖い。きゅるきゅると歯を削られながら、「今は痛くもなんともないけれど、一瞬後には脳天を貫くような痛みが走るかもしれない。いや、きっと走る。走らないはずがない！」と、その予感に疲弊するのだ。まるで比呂人みたいだと思う。

比呂人は、朝比奈《あさひな》あすか著『やわらかな棘《とげ》』（幻冬舎文庫）に登場する晴美の恋人である。正確には、元恋人。遠距離恋愛中の晴美を裏切り、ほかの女性と二股《ふたまた》交際どころか婚約までしていた。しかも晴美を悪者に仕立て、自らは口をつぐんだまま、拒絶と沈黙で逃げ切ろうとする。なかなかの卑怯者《ひきょうもの》なのだ。

そんな比呂人の態度を一変させたのが、晴美からのメールである。かつて彼が漏らした会社や上司の悪口を、告発文として職場へ送ると告げたメール。「怒りより不安を与えたかった」との目論見《もくろみ》どおり、比呂人はたちまち激しく狼狽《ろうばい》する。それまでの沈黙が嘘のように言い訳を並べ、媚《こび》を売り、懇願し、最後は自らの首をさらに絞《し》める羽目に陥《おちい》るのだ。冷酷《れいこく》さは弱さであり、弱さは脆《もろ》さでもある。痛みの予感に震え、身にまとった鎧《よろい》がぼろぼろと崩れた時、そこに現れた真の彼の姿を読者は晴美とともに見おろす。

本作は、四人の女性が語り手となった連作小説である。比呂人の「その後」も、別の章できちんと触れられている。予感に押しつぶされた彼は幸せになったのか否か。そこは実際に読んで確かめてもらうとして、私としてはとにかく早く歯の治療が終わってほしいと思う。なにしろ今は比呂人の愚《おろ》かさを全然笑えないのである。

続呑んで読んで『北海道新聞』二〇一七年八月六日付

徹底した「腰引け」と勇気

電化製品が壊れるたびに同じことを言っている気がするが、ほとほと疲れてしまった。プリンターがだめになり、買い替えを決意したものの、どれがいいのかさっぱりわからないのだ。機種も機能も価格も複雑過ぎて、とてもじゃないが一つに決められない。

穂村弘《ほむらひろし》著『現実入門』（光文社）は、四十歳まで「決意や決断というものを極力避けて生きてきた」大人の体験記である。献血から占い、合コン、競馬、そして人生の一大イベントまで、著者の「はじめて」が約二十編、怯えと笑いの中で綴られている。

身につまされるのは、「部屋探し」である。これは元々ハードルが高い。不動産屋を訪ね、家賃や間取りや築年数や採光といった条件を細かく検討し、予算と折り合いをつけ、問題点と妥協点を天秤《てんびん》にかけてから、最終的に決断を下す。選択肢と決断量が圧倒的に多いのだ。著者も当然のように混乱する。現実に耐えきれず、一度は不動産屋からも逃げ出してしまう。「生活」が怖いからだ。

それでも彼は諦めなかった。気を取り直し、「このまま引き下がるわけにはいかない」と、再び現実に立ち向かう。「生活」を自らの手で選び取ったのである。

生きることは厄介《やっかい》で面倒で、だからこそ勇気が必要だ。その勇気を、「腰引け芸」とでも呼べそうな徹底した腰の引け具合とともに、著者は発揮し続ける。恐る恐る踏み出した現実への一歩。最初は狭かった歩幅が徐々に広がり、最後の最後に読者を大きな仕掛けに導いていく。その手腕は見事だ。

本書は怖気《おじけ》に見せかけた勇気の書である。私も著者を見習い、勇気をもってプリンターの機種くらい決めろと思うが、それはそれ。もう心底何も選びたくないのである。

続呑んで読んで『北海道新聞』二〇一七年九月三日付

思い出は持ち主の手の中へ

電子レンジとともに自宅の階段で立ち往生したことがある。二階へ運ぶ途中、あまりの重さに身動きできなくなったのだ。上へも下へも行けず、この階段でレンジを支えて一生を送るのかと絶望したものである。

電子レンジでさえそうなのだから、金庫はさぞかしであったろう。長嶋有《ながしまゆう》著「夜のあぐら」（文春文庫『タンノイのエジンバラ』収録）の話である。両親の離婚により離ればなれになった三人姉弟が、父の病《やまい》を機に度々《たびたび》顔を揃《そろ》えるようになる。主な議題は、父が自分たちに遺《のこ》すと約束した実家についてだ。約束に固執《こしつ》する姉は、父の再婚相手より先に権利書を手に入れようと持ちかける。そしてある夜、渋《しぶ》る妹を伴って本当に実家へ忍び込むのだ。

姉は本気だ。止めようとする妹の言葉には耳を貸さず、金庫の解錠《かいじょう》を試み、失敗すると本体ごと運び出そうとする。だが、二人がかりで引きずるのがやっとの重い金庫だ。気合《きあい》だけではどうにもできず、結局は階段で立ち往生してしまう。

「無理だよ」と妹に声をかけられた姉は、この時初めて涙を流す。理由はわからない。ただ「私たちの思い出はこの家にしかない」と、とうに壊れてしまった家族を一人守り続けてきた彼女が、その守るべき家族が既に失われている事実にようやく向き合ったのではないか。彼女にとって実家の権利書は単なる書類ではなかった。ばらばらに壊れてしまった家族の、その大切な一片だったのである。

私の電子レンジは時間をかけてなんとか階上に運べたが、彼女は金庫を置き去りにするしかなかった。できることなら持ち帰らせてあげたかったと思う。葬《ほうむ》るにせよ解放するにせよ、思い出は持ち主の手の中に帰るのが一番なのだ。


続呑んで読んで『北海道新聞』二〇一七年十月二十二日付

捨てられた老婆 生を体現

今年も体力の衰えを雪かきで実感する季節がやってきた。私の場合はまず腕が、次に足腰がよれよれになる。気分はすっかりお婆さんで、今からこんな具合では、本物のお婆さんになったらどうなるのかが心配だ。佐藤友哉著『デンデラ』（新潮文庫）に登場するような、頑強な婆さんには到底なれないのではないか。

『デンデラ』は、驚異的に頑強な老婆の物語だ。姥捨《うばす》ての風習により七十歳で山奥に置き去りにされ、そこから生き延びた女たちである。当然、身体は強く、サバイバル能力は高い。自力で小屋を建て、動物を狩り、畑を耕し、武器を作り、訓練をして、揚《あ》げ句《く》、巨大羆《ひぐま》に立ち向かう。共同体の長《おさ》は、百歳の老婆。「百年も生きていると、人の感じがしない。鬼と同じようなものだな！」と言い放ち、自ら率先して羆との闘いにも挑む超人である。

どうして彼女たちはそんなに頑丈なのか……という小説ではもちろんない。一瞬そうかなと思うが、実際は「命」の物語なのだ。「村」の中では思考することを放棄し、ただ働き続けてきた女たちが、老いて捨てられたことで初めて自らの生に真正面から向き合うのである。

共同体の生活は厳しい。自然も人間関係も容赦なく、なにより慢性的な飢えに苦しめられている。そこへ追い打ちをかけるように現れた羆。その羆が老婆たちの命をいとも簡単に奪っていく。

荒唐無稽《こうとうむけい》な設定の中、だからこそ浮かび上がる真実もあるのだろう。さまざまな老婆の口を介して繰り返し語られる生と死は、人の世の業《ごう》の深さとともに、生きることそのものの力をも読者に見せつける。雪かきで音を上げている人間にはおそらくたどり着けない場所に、彼女たちはいるのだ。

続呑んで読んで『北海道新聞』二〇一七年十二月三日付

雪には奇談がよく似合う

東京に大雪が降ったこともあり、この冬は雪景色の街をたくさん見ている。除雪をしなくていいというだけで、よその街の雪はきれいだが、雪を載せて並ぶ屋根を眺めていると、あの下でどんな奇妙な話が語られているのかとも考える。中島京子「リズ・イェセンスカのゆるされざる新鮮な出会い」（講談社文庫『妻が椎茸《しいたけ》だったころ』収録）のせいだ。

舞台はアメリカの田舎町。大雪で足止めを食い、見知らぬレストランで一夜を過ごすしかなくなった日本人女子学生の物語だ。たった一人、心細さに涙する彼女に、町の老婦人が声をかける。「そんなこと、神様がおゆるしになるはずがないでしょう」。そして自宅に招いてくれるのだ。

最初、老婦人は、映画でよく見る上品で親切なアメリカ女性そのものだ。人懐こくてお人よし。おおらかで洒落《しゃれ》たその印象は、しかし長くは続かない。自宅に着いた彼女は、離婚と再婚を繰り返した過去や、五人の夫との関係を性的表現を交えて赤裸々《せきらら》に語り始めるからだ。いつしか上品な振る舞いは消え、「なんともいえず下品で、いやらし」い仕草《しぐさ》と言葉が目立つようになる。

そのいかがわしさは、主人公の未熟なヒアリングを介することで、よりいっそう際立つ。頼りない翻訳によって増幅し、歪《ゆが》み、修正された老婦人の素顔は、最後の最後まで読者には見えない。彼女が本当は何を語っていたのか。衝撃的な「真実」が明らかになるのは、ラストの数行だ。一瞬で見える景色が変わる。

たった一晩の物語である。異国の地での老婦人との風変わりなやりとり。けれどもそれが大雪という非日常に紛《まぎ》れて、いつしか不気味な影となる。真っ白な雪の下にはどんな人生のどんな闇《やみ》が潜んでいるのか。

雪には奇談がよく似合う。

続呑んで読んで『北海道新聞』二〇一八年二月四日付

春は断然「山本アユミミ」

毎年、一月の終わりに絶望する。雪も寒さも飽き飽きなのに、まだ雪まつりすら始まっていない事実に打ちひしがれるからだ。四季というからには一年を四等分して然《しか》るべきだが、不当に冬が長い。春があと二カ月早くやってきてもいい。

春のことを考えると、山本アユミミを思い出す。川上弘美著「春の山本」（新潮文庫『椰子《やし》・椰子《やし》』収録）に登場する「わたし」の友達だ。春のある日、アユミミはふらりと旅に出る。「線路ぎわの土手の桜があんまりよく咲いているのでへんな気分に」なったからだ。旅先からは、「探さないでください」と書かれた手紙が届く。「探す場合は鮎政宗《あゆまさむね》かトモエヤのからすみ持ってきてくれるとなおいいです」とも記されている。鮎政宗はアユミミの好きなお酒の銘柄である。

静かな物語だ。特別な出来事は何もない。鮎政宗とカラスミを手に宿を訪ねた

「わたし」が、アユミミと幾日かを過ごす。散りはじめた桜の話をし、鮎政宗を飲み、カラスミを食べ、三年前から少しずつ身体が縮んでいるというアユミミの「このままいくと、五十年後には身長がなくなってしまう」との告白を切なく聞く。ただそれだけといえば、本当にそれだけの話である。

けれども、物語全体がまぎれもなく春なのだ。明るくあたたかで心が浮き立ちながらも、どこか少しだけ寂しい。夢と現《うつつ》の境目がもやもやと霞《かす》み、目に入るすべてのものが儚《はかな》く淡く揺らいでいく。アユミミの人を食ったような物言いも、「わたし」の淡々とした優しさも、皆、柔らかな日差しの中で光を放っている。

春は断然山本アユミミである。実際そばにいたら面倒な人だが、でも春を思うと会いたくなるのだ。

続呑んで読んで『北海道新聞』二〇一八年三月十八日付

はかない恋の原石

恋の物語である。『純愛モラトリアム』というタイトルのとおり、どこか青臭《あおくさ》くてたどたどしくて、そのくせ妙に甘やかな八つの恋の物語。

　ページをめくって、まず立ちのぼってくるのは、圧倒的な優しさだ。立場や年齢や性別は違えど、この本に登場する人々は皆、おしなべて優しい。

　喧嘩《けんか》の腹いせに恋人の娘を車に押し込んで誘拐《ゆうかい》した男は、半分演技の入った女子中学生の車酔いにうろたえ、すぐさま「誘拐犯」の仮面を脱いで献身的に世話を始めるし（「西小原《にしこばら》さんの誘拐計画」）、モテない中学教師は、憧れの教え子が学校一のイケメンとつきあいはじめても、一切クサることなく得意の妄想《もうそう》で前向きに日々を送るし（「妄想ソラニン」）、浮気者の同棲《どうせい》相手に三行半《みくだりはん》を突きつけた女性は、最後の夜に彼の好物の激甘カレーでカレーハンバーグを作ってあげる（「やさしい太《たい》陽《よう》」)。

私はもうすっかり心の汚れてしまったおばちゃんなので、はじめはこの優しさあふれる世界をなかなか信じることができなかった。正直、恐ろしかったのである。「テレビや映画での殺人シーンに耐性がなくなってきたら老化のはじまり」という説を少し前から唱《とな》えている私だが、そして自分は今や殺人どころか暴力シーンや喧嘩シーンにも耐えられなくなってきていて、そらあんた橋田壽賀子《はしだすがこ》ドラマが高齢者に人気のはずだわずっと喋《しゃべ》ってるだけだしと思わぬところで膝《ひざ》を打ったわけだが、それと同じように本書のページを繰《く》りながら、いつかこの優しい人たちを手ひどく傷つける存在が現れるのではないか、そうでなければ、いつかこの優しい人たちが自身の手で誰かをとことん裏切るのではないか、いや、そこまでいかずとも、いつか恋愛でつまずいた彼らが心を暗く悲しくひねくれさせてしまうのではないか、そうビクビクしていたのである。

もちろん心配は杞憂《きゆう》に終わった。椰月美智子《やづきみちこ》さんの描く「純愛」は、なんというか眩《まぶ》しいくらいにちゃんとした純愛で、決して傷つけられたり損《そこ》なわれたりすることのない場所にあった。なるほど、恋というのは本当に完全体なのかもしれないと、読みながら私は思ったものである。

完全でなおかつ特殊。誰かを好きになった瞬間に芽生《めば》える、ほかのどれとも違うその感情を、椰月さんは掬《すく》ってくれる。それは、とても小さくて、ちょっと目を離したすきに日々の楽しさやいざこざに紛《まぎ》れてしまいがちなものだ。あるいは、欲と嫉妬にまみれ、相手を陥れたり相手に陥れられたりしたあげく、死ぬの殺すの俺と結婚してほしけりゃ二百万円渡せバッカじゃねーのあんたこそ金返してよ、と罵《のの》り合うようなドロドロに変質することも、まあないとはいえない。

けれども椰月さんの目は、そのはかない恋の原石を見失ったりはしない。なぜならそれは何かに紛れたり変質したりするものではなく、どんな時も変わらぬ姿のまま心の奥深くで眠っているものだからだ。

そう考えつつ物語を読み進めると、実は優しい人たちが優しいだけの存在ではないことに気づく。彼らは皆、冷静だ。思いどおりにならない現実に翻弄《ほんろう》されながらも、時に涙ながらに、時に冗談まじりに、しかし結局は極めて冷めた目で自分と世界とを見ている。

たとえばオケタニくん（「オケタニくんの不覚」）は、アルバイト生活を送る二十三歳。客の一人である年上の女性が初恋の相手で、その初恋は「現在まで維持継続」中という、まこと「純愛」を語るにふさわしい若者である。

「おれのことはどう思っているんだろう、ただの元ビデオ店の店員？　近所のコンビニの店員？　友達？　年下のボーイフレンド？　そう考えて、ボーイフレンドという言葉に自分で照れる。そんなわけない。」

乙女か！　と思わずツッコみたくなる彼の恋心は、おばちゃん電柱の陰からそっと見守りたくなったのだが、もちろん見守っている場合ではない。事態はやがて思わぬ展開を見せる。ある衝撃的な事実が明らかになり、オケタニくんは憧れの彼女からの撤退を迫《せま》られるのだ。正直、電柱の陰から飛び出して、肩の一つも叩《たた》いて励《はげ》ましたくなるような種類の出来事である。自棄《やけ》になったり、絶望したり、あるいは誰かを責めたり恨《うら》んだりしても無理はないと思う。だが、ここでオケタニくんはきっぱりと言う。

「失恋だ、と決着をつけた。往生際悪く、未練たらたらで。」

かっこいい。んだかどうだかわからない。きっぱり言ったわりには未練たらたらで、そこがまた乙女なのだが、でも相手が自分に興味を持っていないという現実を逃げずに受け止める冷静さと賢明さは、やはりたいしたものである。そしてそのことでオケタニくんの純愛は無傷のまま守られる。初恋が初恋のまま終わったから、ではない。彼女のことを好きだと思う自分の気持ちを、一度だってごまかしたり哀《あわ》れんだりしなかったからだ。

貫太《かんた》（「妄想ソラニン」）もまた同じである。自分のモテなさと容姿のイケてなさを十分に自覚しつつも、性格には自信を持っている貫太。男は中身だといくつもの恋に挑《いど》んでは、なぜか相手に「ジェット機並みのスピードで」逃げられることを繰り返していたが、大学生の時、そんな自分が置かれている立ち位置を初めて知ることとなる。いわく「かわいそうな人」。

「その事実に気づいたとき、自分の認識とあまりにもかけ離れていたため、なかなか納得はできなかったけれど、少し大人になった今では案外すんなり受け入れられる。言いかえれば『イタイ人』となる。」

すんなり受け入れたうえにわざわざ言いかえるのかよ、とつい笑ってしまうシーンであり、同時に貫太の強靭《きょうじん》な冷静さに感心してしまうシーンでもある。貫太はおめでたい男ではあるが、決して鈍感ではないのだなと思う。自分のことも周囲のこともきちんと理解している。妄想癖のある彼が日々繰り広げる、考えようによってはアブない妄想が一線を越えないのは、おそらくその冷静さの賜《たまもの》だろう。だからこそ我々読者は、あやしげな妄想の奥に眠っている、彼の純真さ、「恋の原石」を見失わずにすむのだ。

それにしても強い人たちである。恋愛に関してはまだまだ未熟で（なにしろモラトリアムだ）危なっかしい彼らの、人間としての強さにしばしば目を奪われる。彼らは、へこたれないし、僻《ひが》まないし、恨まないし、投げ出さない。他人を大切にし、それと同じだけ自分のことも大切に思う。その強さは一体どこから来るのだろう。

思えば「1Fヒナドル」では高校生の日菜《ひな》が、新しい恋の予感を前に「もうすぐやってくる夏休みは、文句なしの楽しさと陽気さと恋心に満ちあふれ、最高の日々になることは、もはやまちがいなかった」と高らかに宣言する。「西小原さんの誘拐計画」では、中学生の美希《みき》が、「あたしは今がけっこうたのしいし、産んでくれてありがとうってマジで思ってる」「生まれてきてよかったたって素直に思った。今までの十四年の人生がまったくなかったらと考えたらぞっとした」と自らの人生を寿ぐ。

誰もが認める美少女でありながら「美人は三日で飽きる」というふざけた理由で彼氏にふられた日菜と、十代だった母親から生まれたことで様々な思いを抱える美希。それでも明るく生きる二人の言葉に共通するのは、人生を肯定する力だ。いや、彼女たちだけではない。椰月さんの小説に登場する人々は、誰もが人生に肯定的。苦しくても悲しくても、たとえ泣きながらでも「ここはあるべき場所で、自分はいるべき人間だ」と信じているように見える。椰月ワールドの根底に流れる生きることへの信頼感。それが登場人物たちの強さに繋《つな》がっているように、私には感じられてならない。

ふだん私は「自分を愛せない人間は他人も愛せない」とか「真の優しさは強さから生まれる」などという利いた風な物言いには見向きもしない質《たち》である。据《す》わりがよすぎて気持ち悪いのだ。が、本書を読んでいる間は、恐ろしいことに自分自身、思わず何度かそう口走りそうになった。登場する優しい人たちが優しくあるためのの、冷静さや強さや明るさや、なにより健全さが心に染みたのだ。そして真っ当であることの美しさをしみじみ感じた。自己啓発本かと思った。

と書くと、まるで善人の国の善人による物語のようだが、もちろん本書はそれだけではない。八つの物語の四番目「スーパーマリオ」には、世界中の優しさを集めたような非の打ちどころのない優しさと、それが纏《まと》う不穏な空気が描かれているし、最後の物語「菊《きく》ちゃんの涙」は、この本で唯一の意地悪キャラが主人公だ。

登場人物中、最年長でもある菊ちゃん。彼女の「純愛」が、またいい。単なる色恋ではない。過去の失敗や仕事への不満や後悔や昔の夢や、そんな諸々の中で見失ってしまったかつての自分自身を恋《こ》う女の話だ。

人生に迷い続ける彼女にも、椰月さんは優しい結末を用意する。人の心の奥底に傷つけられたり損なわれたりすることなく眠っている原石、それはなにも「恋」に限ったものではないと、最後の最後、私たちに見せてくれるかのように。

解説　椰月美智子著『純愛モラトリアム』祥伝社文庫　二〇一四年九月

美しい織物のような物語

原田ひ香さんの『三人屋』は、高いビルの屋上から、道行く人をじっと眺めているような小説である。大所高所から見下ろしているという意味ではない。ちっぽけな人間たちが、時に迷ったり立ち止まったりしながらも、それぞれの目的地を目指して懸命に歩いている姿を目にした時の、あの切ないような尊いような心持ちを思い出させてくれるのだ。

駅から続く全長一キロほどの商店街。その真ん中あたりに「ル・ジュール」はある。かつて喫茶店だったそこは、店主亡き後、三人の娘たちがそれぞれ後を継いだ。それぞれ後を継ぐというのは奇妙な言い方だが、朝昼晩で姉妹がまったく異なる料理を提供しているのだから仕方がない。

朝は三女の朝日によるモーニングサービス。自家製パンとコーヒーが人気の店だ。昼は次女まひるの讃岐《さぬき》うどん屋。夜は長女の夜月がスナックを開き、〆《しめ》をほしがる客のために炊きたてのご飯とぬか漬けを出す。

読者はまずその料理に魅了される。

手に持つとずしりと重い焼きたてパンは、「表面はかりかりだが、中はしっとりときめ細やか」で官能的だ。どんぶりの中ですらりと美しいうどん。角の鋭い麵は「硬いと言っていいほど腰があり」、嚙《か》めば甘みが広がる。土鍋で炊かれた白飯は表面が透明でつやつやと光り、「嚙んでいくと自分の中もどんどん透明になって、すべてがなくなって、気がつくと口の中の米とただ体だけになって、宇宙に放り出されるような」味である。

彼女たちの作る料理はどれもが美しく繊細で、そのくせ無骨なほど圧倒的だ。そう、この三姉妹はとてもよく似た料理を作る。そして、猛烈に仲が悪い。

とりわけまひると夜月の不仲は決定的で、もう長いこと口もきいていないという。まひると朝日が話をするようになったのもつい最近、店を始めてからようやくだ。

不仲の原因は自分以外の二人にあると、まひるは信じている。

若い時から家出ばかり繰り返して何を考えているかわからない無責任な姉と、面倒事はすべて姉に押しつけ自分のことしか考えない大学院生の妹。無責任な二人に挟まれて、両親の介護の時も葬儀の時も、家族の何もかもを自分がひとりで背負ってきたと、まひるは心の奥底でずっと怒っているのである。

まひるの怒りに共感する読者は多いだろうと思う。世の中には「誰もやりたくないけれども、誰かがやらなければならないこと」がうんざりするほどたくさんあるのだ。一つ一つは小さなことでも、積み重なればダメージは大きい。そのうえ、一つの「やらなければならないこと」は次の「やらなければならないこと」を呼び込み、いつのまにかそれらを片付けることが誰かひとりの役割になってしまう。役割になってしまうと、あとは滅多なことでは動かせない。

まひるは、自分をその「誰かひとり」だと考えているのだ。いつも自分だけが貧乏くじを引かされるのだと嘆いている。

物語は、そんなまひるの語る理不尽を中心に、しかしまひるには見えていない事実を徐々にあぶり出しながら進んでゆく。

大好きだった父との思い出、「姉妹三人が皆一度ずつ駆け落ちした」と噂《うわさ》されている幼馴染《おさななじみ》との過去、誤解、絶望、ノスタルジー。

「人の数だけ真実がある」との言葉どおり、章ごとに替わる語り手が、さまざまな角度から三姉妹の人生に輪郭を与えていく。そうすることで、まひるは怒りを、朝日は不安を、夜月は痛みを、それぞれ抱えていることが明らかにされるのだ。

誰もが何かを背負い、しかし時には背負いきれずに重みに膝をつく。

当たり前すぎて見失いがちなことを、近所のアパートに住む会社員の物語として、商店街の鶏肉屋の店主の物語として、あるいはスーパーの三代目の幼馴染の物語として、著者は見事に浮き上がらせる。

後半、夜月は再び（なのか三度目なのか四度目なのかはよくわからない）失踪する。それが彼女の抱えた「痛み」に手を引かれたものだと読者は理解できるが、もちろん残された二人には見えない。姉の代わりに慣れないスナックを営業することになったまひるは、当然のごとく怒り続けている。

夜月が無断で消えたこと。

店のお金を持ち出したこと。（持ち出したんです）

離婚したばかりの（離婚したんです）夫が、養育費の値下げをしつこく要求してくること。

客が姉と同じ味を要求すること。

けれどもどれだけ頑張っても、どうしても姉とは同じようにできないこと。

読者としては「いやいや、あなたのうどんも誰にも真似できないすばらしさだよ」と声をかけたくなるが、実際、スナックの客が求めるのは夜月の白飯と漬物なのだ。思うようにいかない日々の中、まひるの胸には姉を責める気持ちと同時に、彼女を慕う気持ちも徐々に募り始める。

その思いは、父の大学時代の同級生だという老人が現れたことで決定的となった。老人の語る意外な父の話に傷ついたまひるは、夜月に会いたいとふと願う。「夜月に最も不似合いなこと」と自嘲《じちょう》気味に考えながらも、

「姉に安心させてほしい」

と求めるのだ。彼女のずっと抱いてきた怒りの殻の中から、つるりとむき出しの寂しさが現れた瞬間である。

街の商店街という、緩やかに閉じられた空間での物語だ。そこでは、不穏なものはいつも外からやってくる。父の同級生の老人もそうだし、夜月を失踪させた一本の電話も同じだ。しかし、著者は決して外が邪悪で恐ろしい世界だと言っているわ

けではない。まひるが夜月への思慕を認めた瞬間、店は夜月のみならず、まひる自身の「帰る場所」となった。「帰る場所」があることの幸福を、その狭くてささやかな世界が象徴しているのだ。

そういえば、小説に登場するどんな人のどんな思いにも、著者はちゃんと行き場を用意している。不実な人にも、弱腰な人にも、悲しい人にもだ。その人たちにも「帰る場所」があってほしいと、著者は考えているに違いない。重荷を下ろして休める場所が、人にはきっと必要なのだ。

ビルの屋上から行き交う人々を見下ろして、「運命の糸が目に見えるといいのに」と想像することがある。赤い糸だけだとつまらないので、皆、思い思いの色の糸を持ち、そうして歩いているところが見られればいいのにと。その時に広がる世界を想像するのが好きだ。カラフルな糸が交差し、きっと今まで目にしたことのないような鮮やかな文様が浮かび上がるに違いない。

これは、そんな運命の糸で織り込まれた美しい織物のような物語である。

解説　原田ひ香著『三人屋』実業之日本社文庫　二〇一八年二月

第四章　奇談集

まち

夜、ぱたりと眠れなくなりました。

二ケ月ほど前のことです。いつもの時間にベッドに入ってみるものの、一向に睡《すい》魔《ま》は訪れず、かといって起きてするべきこともとりたててなく、どうしたものかとじっと暗闇《くらやみ》を見つめているうちに、となりで呑気《のんき》な寝息をたてている夫に八つ当たり的に腹がたってくる。そんな不毛な夜を繰り返すようになりました。

夫の眠りは深いのです。それはもう、眠りというよりまるで意志。お酒を呑《の》んだ日も呑まない日も、地震で本棚がカタカタいっても間違い電話がかかってきても、あるいは近所のボヤに消防車が駆けつけてきても、一度眠ると夜が明けるまでは断固として目を覚まさない。五年前の結婚当初からそうだったし、自分が眠れなくなってからは、ますますそうであるような気がします。

「ねえ」

と、私は夫の耳元で囁《ささや》いてみます。「実は私、浮気してるんだけど」

驚いて目を開けるかと思った夫は、しかしぴくりとも動きません。「実は私、男なんだけど」「実は内緒の借金があるんだけど」「実は妊娠《にんしん》してるんだけど」「実は宇宙人にさらわれた過去があるんだけど」「なんつって」

何を言っても、魔法をかけられたお姫様のようにスヤスヤ眠り続ける夫がつまらなくて、というよりなぜか無性に腹立たしくて、そしていつかその眠りを力ずくで破ってしまいそうな気がして、それで私は散歩に出かけることにしたのです。

まだ浅い春の夜更《よふ》けでした。正確なことはわかりませんが、二時とか三時とか、おそらくそのあたりだったでしょう。上着を羽織《はお》り、少し迷ってから財布と携帯電話を持って、私はおもてへ出ました。息がかすかに白いです。見慣れたはずの街は死んだみたいに静まり返り、犬の遠吠《とおぼ》え一つ聞こえません。

けっこう明るいんだな、と思ったのを覚えています。いや、けっこう暗いんだな、と思ったのかもしれません。まあ、今となってはどっちでも同じようなもの。既に記憶は曖昧《あいまい》で、ただ鮮やかに脳裏《のうり》に浮かぶのは、抜《ぬ》け殻《がら》のように人気《ひとけ》のない街を照らす街灯《がいとう》の、道標《みちしるべ》のような青白い灯《あか》りばかりです。

その灯りの下を、行き先も決めずに、私は一人歩きだしました。マンションを出て坂を下り、ごちゃごちゃした路地を過ぎ、「お屋敷」と呼んでいる大きな家の角を曲がり、住宅街にぽつりと一軒あるパン屋の脇を抜けて、通りを渡る。闇《やみ》に沈む生垣《いけがき》も人影のない交差点も、怖くはありませんでした。それどころか商店街のそこだけレンガ敷きになっている道を踏みしめながら、なんだか懐かしいような気すらしていました。結婚前、夫と二人で初めてこの街を訪れた時のことを思い出したのです。あの日も私はこんなふうに、熱心に街を歩き回っていました。

「駅まで徒歩十二分、急げば七分。その間に商店街があって、普段の買い物はたいていそこで賄《まかな》えます。雑誌で紹介された行列のできるラーメン屋が有名ですが、僕はそこよりほらあそこ、暖簾《のれん》がちょっと見えるでしょう、あの昔ながらの店の方が好きですね。スープが透き通っていて、自家製チャーシューが抜群なんです。駅前の広場には桜の木がたくさん植えられていて、春になると桜まつりが開かれます。結構賑《にぎ》やかですよ。少し山の方に行くと小学校があって、子供の足で二十分くらい。図書館と公園とスポーツセンターも近いですから、もしお子さんが生まれても安心ですよ。まあ二人も三人もってことになると、先ほどご覧いただいた部屋だと少し手狭《てぜま》になっちゃいますが。あはははは」

よく喋《しゃべ》る不動産屋の指さすまま、右を向いたり後ろを見たり立ち止まったりしながら、私と夫は街を歩きました。いいところだと思いました。住みやすそうだし、緑も多いし、ラーメン屋には別段興味はないけど、駅前では確かに桜の木が何本も蕾《つぼみ》をほころばせかけていました。ああそうだ、あれも春だったのですね。五年前の春。

私はすっかりここが気に入りました。なにより見知らぬ街というのが魅力的でした。夫も私も初めて降り立った駅。まっさらなところから始める新生活に、これほどふさわしい場所はないように思われました。

「決めちゃおうか」

私の言葉に夫はにっこり頷《うなず》きました。週末ごとの不動産屋巡りにいささか疲れ、俺《おれ》の給料と家賃と広い間取りと通勤時間との兼ね合いがうまくとれるところなど、この地球上のどこにも存在しないのだと、冗談交じりに言い出していた頃でもあったのです。たぶんほっとしたのでしょう。これでようやく週末に寝坊ができる、と夫は笑いました。ていうか俺さ、いざとなったら今のアパートで一緒に暮らそうと思ってたよ、荷物はレンタル倉庫かどっかに預けてさ。もういいやと思ってさ。そういった半ば自棄糞《やけくそ》的な事情を含めての決定だとしても、いい街だと私は思いました。

あの頃のことを考えると、幸福な気持ちになります。もちろん今だってじゅうぶん幸福ですが、もしこの世に手付かずの幸福というものがあるとしたら、あれがそうだったんだろうなと思うのです。晴れた空と、暖かな日差しと、となりを歩く夫と、確固たる明るい未来。真夜中の街を歩きながら、私はあの日のことをありありと思い出していました。目の前に広がる暗闇の向こうに、あの時見た、染《し》み一つない幸福が横たわっているような気さえしました。

人影に気がつくのが遅れたのは、そのせいだったのでしょうか。それとも何か別の、たとえば彼の身体の異様な小ささが原因だったでしょうか。

「眠れないのかい」

「ひっ！」

誰もいないと思っていた暗闇から声がして、私は思わず小さな叫び声をあげました。駅前に出たところで歩き疲れ、少し休憩しようと広場のベンチに近づいた時のことです。

「すまなかったね。驚かしちゃったかね」

言葉遣いとちぐはぐな、澄《す》んだ少女のような声が響きました。子供？　こんな夜中に子供が？　はじめて深夜の街に一人でいることを実感して、恐怖がせり上がってきます。どうする？　逃げる？　助けを求める？　誰に？　交番はどこだっけ？　でも何か変。

胸に湧《わ》いたかすかな違和感に押されるようにして、私は恐る恐るベンチを覗《のぞ》きこみました。子供の姿など、どこにもありません。そこにはやせこけた老人が一人、静かに座ってじっとこちらを見上げているだけでした。

彼はまるで人形のように見えました。駅前のベンチに昼の間に置き忘れられた、あるいは忘れたふりをして捨てられた古い人形。背は縮んだように小さく、顔は萎《しな》びたようにしわくちゃで、手脚は枯れ木のようにやせ細っていました。頭にはほとんど毛がなく、落ち窪《くぼ》んだ眼窩《がんか》が闇の中でもわかるほどの陰をつくっています。

「驚かせて悪かったね」

ただ、声だけが天使のように美しいのでした。

老人のことは、誰にも言いませんでした。誰にも、というのはつまり夫にも、ということで、老人のことだけでなく、眠れなくなってしまったことも、夜中に家を抜けだして街をうろついていることも、私はずっと話さずにきました。深い意味はありません。夫は毎晩、相変わらず忌々《いまいま》しいほど健《すこ》やかに眠っていたし、彼が眠りを享受《きょうじゅ》している間、同じだけの楽しみを私も味わいたいと願っただけなのです。

そう、私は楽しかった。夕飯を食べ、入浴を済ませ、今までと同じようにベッドに入る。目を閉じて睡魔の訪れを待ち、でもそれが現れないとしても、不安がったり腹を立てたりすることはなくなりました。この街で眠れない夜を過ごしているのは、私だけではないのです。

夫が眠り、街が眠り、世界が眠った頃、熱いお茶をポットに入れて、私は家を出ます。もちろん老人に会うためにです。時には夕飯の残り物でサンドイッチを作って持って行くこともありました。老人はぶるぶる震える指でそれをつまみ、「ありがとう」と歌うように囁くのです。

本当にきれいな声でした。世界中の美しい楽器を集めたような、あるいは世界中のどこにも存在しない幻《まぼろし》の鈴のような声。彼の「ありがとう」に胸震わせながら、たとえどんな冷酷《れいこく》な独裁者でもこの声で諭《さと》されたら心を入れ替えるだろう、私はそう思いました。善意や愛を彼が優しく語る時、それは目に見える結晶となってキラキラと舞い降り、きっと人々の冷たく凍《こお》った心をとかすだろうと。

でも、と今となっては思います。もしかすると逆なのかもしれない。どんなに心優しい王様も、彼の声でそそのかされたら、国中の人間を一夜のうちに皆殺しにしてしまう。そんな気もします。

二人でいる時、しかし老人はほとんど喋りません。広場の一番大きな桜の木の下、時期になるとさぞかし毛虫がぼとぼと落ちてくるだろうベンチに腰掛けて、老人は今夜も静かに遠くを見ています。私もつられて遠くを見ますが、暗いばかりでよくわかりません。初めて会った頃にまだ固かった桜の蕾は、十日ほど経《た》った今ではだいぶ膨《ふく》らんできているはずですが、それも確かめることができませんでした。

今年の桜まつりはいつからだろう、暗がりに目を凝《こ》らし、私はぼんやり考えます。祭りに関するお知らせはもう回ってきていただろうか、マンションのエントランスにポスターは貼《は》られていただろうか。越してきた年、夫と二人で手をつないでまつりを見に行ったことを思い出します。

不動産屋が言ったように、それはたいそう賑やかでした。広場を縁取《ふちど》るように植えられた桜が一斉に咲き誇り、商店街の人たちが露店を出して、設《しつら》えられたステージでは地元出身だというバンドが、早口過ぎて「愛してる」しか聞き取れないラブソングをこれでもかというほど奏《かな》でていました。私たちは人混みを縫って広場を歩き、今ではすっかり顔見知りとなった、でも当時はまだまだ馴染《なじ》みの薄かった惣菜《そうざい》屋の露店から焼き鳥を四本買いました。この日のために並べられたデッキテーブルも芝生《しばふ》も満員だったので、立ったまま二人並んでそれを食べました。持ち込んだ缶ビールはまだじゅうぶん冷えていて、それがやけに嬉《うれ》しくて夫と顔を見合わせて笑い合いました。金魚すくいをせがむ小さな男の子に、母親が「一回だけよ。すくえなくても泣かないでよ」と念を押しているのを聞いた夫が、

「俺、縁日《えんにち》で金魚二十四すくったことあるのよ。いやマジで」

と小声で自慢してきたのを、私は何と言ってからかったのだったか。「じゃあ子供が生まれたら教えてあげてよ。それじゃなきゃ信じない」そんなふうに笑ったような気もします。

冷たい風が吹いて、老人が激しく咳《せ》き込みました。けれども最初、それが老人の咳《せき》であることに私は気づきませんでした。思い出に心を奪われていたわけではありません。なんというかあまりにもちゃんとした年寄りの声だったからです。いつもの天使のような美しい声とはあまりに違う、ひどく掠《かす》れて嗄《しわが》れた声。冬、どこかの洞窟《どうくつ》で風が渦巻《うずま》くような、苦しげで悲しげな声でした。

それが老人の発する咳だとわかった時、私は必要以上に動揺したのだと思います。寒いですかと立ち上がり、その拍子にお茶のカップを盛大にひっくり返しまし

た。ステンレス製のカップがアスファルトに転がり、街中が目覚めてしまうのではないかと思うような大きな音がしました。しぶきが老人のズボンの裾《すそ》を汚《よご》しました。

「ご、ごめんなさい」

慌《あわ》ててハンカチを取り出し、屈《かが》み込もうとする私を、老人が優しく制します。

「いいから。平気だから」

「でも」

「さあ、ほら座って」

節《ふし》くれだった震える手でベンチを指差す時、もうそれは老人の声ではありませんでした。聞くものを魅了せずにはいられない美しい声色《こわいろ》にすっかり戻って、老人は私を促《うなが》します。それから思うように動かない指先で、おそろしく時間をかけて自分のカップに新しいお茶を注《つ》ぎ、私に差し出しました。「もし嫌でなければ」そう言われ、私は頷いてゆっくりと飲み干します。静かでした。通り過ぎる車もなく、信号だけが律儀《りちぎ》に色を変えています。どうして人は夜、眠るのだろう。誰がそう決め、どうしてみんな従っているのだろう。特に夫は従い過ぎではないか。それにしても私の眠りはどこへいったのだろう。

私がそんなことを考えている間、老人はじっと目をつぶっていました。瞼《まぶた》が細かく痙攣《けいれん》しています。肉の薄い横顔には深い皺《しわ》が刻まれ、昔どこかの土産《みやげ》にもらった木の実で出来たマスコット人形みたいだと私は思います。茶色く縮んだ小さな木の実。そのたるんだ口元が揺れるように動き、ふいに言葉を発しました。

「歳《とし》をとってしまった」

澄み切った少女の声で、老人は言いました。

「本当にずいぶん歳をとってしまった」

ぎょっとしました。枯れ落ちてしまいそうな老人の口からその言葉が出たことにではなく、その言葉を奇跡のように若く美しい声で語ることに私はたじろぎ、思わずうつむいたのです。見てはいけないものを見た気がしました。逸《そ》らした視線の先には老人のやせ細った太腿《ふともも》があり、その薄さのせいで彼の上半身だけが無造作にベンチに置かれているようにも見えます。まるで生きているもののようではないその姿に、私は再び目をそむけました。老人に対して、そんな気持ちを抱いたのは初めてでした。

「幼い頃」

と老人は続けます。「何が欲しかった?」

「え？」

「何か欲しくて欲しくてたまらないものはなかった？」

突然の質問に戸惑《とまど》っていると、

「あなたはどんな子供だった？」

老人は畳《たた》みかけるように尋ねます。

どんなといわれても、と老人への戸惑いを気取《けど》られないよう私は答えます。平凡な子でした。ここより小さな町に生まれて、ここより少し小さな小学校に通い、学校では親友が一人いて、家には父と母と祖母。将来の夢はお嫁さん。本当は犬が飼いたかったけれど、借家だからダメだと両親が言うので、ぬいぐるみに名前をつけてかわいがっていた。誕生日に親戚の誰かからもらった白い犬のぬいぐるみ。シロというこれまた平凡な名前をつけたのは私で、でもきちんとそう呼ぶのは私と祖母だけでした。学校から帰っておやつを食べる時や、日曜日に家族みんなでドライブに出かける時、祖母がシロの分のお菓子や座布団《ざぶとん》を用意してくれるのが、とても嬉しかった。ピアノは三年、お習字は五年、近所の教室に通ったけれど、どちらも結局は「習い事」の域を出ず、中学校では成績は中の上で……って、まだ続けます？

老人は小さく笑いました。鈴を振ったような声が、あたりに優しく響きます。

「私は歌が欲しかった」

老人が言いました。

「小さな頃から歌が好きだった。家が貧乏でね、昔の貧乏だから今とはまた違って本当に何もなかった。二間《ふたま》だけの長屋に親子六人で暮らしていたよ。私は四人兄弟の下から二番目だった。私の下には二つ歳の離れた弟がいてね、あの頃はみんなそうだったが、大人は忙しかった。昼間、親や兄たちは仕事や学校でみな出払ってしまう。だから私たちはよく二人きりで過ごしたものだ。弟はどこにでもついてきた。池で釣《つ》りをする時も、通りで日向《ひなた》ぼっこをする時も、近くを流れる川で泳ぐ時も」

老人はそこで少し黙りこみました。駅前の広い通りを車が一台通り過ぎていきます。それを目で追い、それからゆっくりとこちらを向きました。落ち窪んだ目でじっと私を見つめます。

「でも弟が一番好きだったのは歌だった。ある時、一番上の兄がどこからか古いラジオを貰《もら》ってきて、そこから流れる音楽に弟は夢中になった。それまで母親が自分も半分眠りながら口ずさむ子守唄や、父親が正月に酔っ払って歌う民謡くらいしか聴いたことがなかった弟は、きっと驚いたんだろう。毎日のようにラジオの前に座って、音楽が流れるのを楽しみにしていた」

老人はポケットからハンカチを取り出し、そっと口元を拭《ぬぐ》いました。「物静かで優しい子だった。誰かが大声を出すだけで怯《おび》えるような子でね、でもラジオを邪魔された時だけは怒った。私はそれが面白くてね。音楽を聴いている弟にちょっかいをだしては、わざと怒らせたものだ。悪いことをしたと思うよ」

こんなに長く老人の話を聞くのは初めてでした。美しかった、と今でも思います。縮んだ木の実みたいな老人の口からでる言葉は、空中に解き放たれた瞬間に色をもち、美しい音色へと変わっていくかのようでした。

「ある日、弟が死んだ」

それさえも優しい調べのように、老人は言いました。「池に落ちたんだ。私の獲《と》り逃《にが》したナマズを捕《つか》まえようとしてね。近くにいた大人が引き上げてくれて、一度は息を吹き返したけれど、あれは何の加減か、そのまま寝ついて十日後に死んだ。死ぬまでの間、長屋の奥の間に弟は寝ていた。いつも二人でラジオを聴いていた部屋だ。でも」

「でも？」

「でも、寝込んでからの弟はラジオの音を嫌がったよ。あれは頭に響くんだそうだ。無理もない、もうすぐ死のうとしている子供だもの。弟は私に歌ってほしいと言った。兄ちゃんの歌の方がずっといい、とね。私は弟のために歌ったよ。一緒に覚えた歌も、大人から教わった歌も全部歌った。弟は怖いくらい、しつこく歌をせがんだ。一曲歌うともっと、と言った。もっともっと兄ちゃんの歌が聴きたい。もっと歌って。もっともっと。布団の中から小さな坊主頭を覗かせて、か細い声でせがむ弟を、けれども私は満足させられなかった。だってそんなに多くの歌を知らなかったからね」

夜明けが近いからでしょうか、風がまた冷たくなったような気がしました。手に持っていたカップにお茶を注ぎ、私は老人に渡します。

「歌は好きかい？」

老人が尋ねます。

わからない、と私は正直に答えました。「聴くのは嫌いじゃないけど、歌うのは下手《へた》だし、なければないで平気のようにも思えるけれど、実際そうなると寂しいかもしれません」

「私もだよ」

老人は優しく微笑みました。「歌が本当に好きだったのは弟の方で、私じゃない。けれども私は歌が欲しかった。世界中の歌を集めてこの胸の中に収めておきたかった。今度もし誰か自分の大切な人が歌を求めた時に、いつでもいくらでも聴かせてあげられるように。だから私は歌手になった」

「え？」

と私は思わず声をあげました。迂闊《うかつ》にも、今の今まで、私はこの人間離れした声の持ち主が歌手だなどと考えたことがなかったのです。驚く私を見て、老人は静かに微笑《ほほえ》みました。

「歌手といっても、何といったらいいか、まだ今みたいな……声ではなかった。私は地方の小さな劇場をいくつも回って、前座として短い歌を日に何曲か歌うだけの歌手だった。もちろんそれで満足だった。弟が来てくれたからね」

「え？」

と私は、再び声をあげました。老人は一つ小さく頷いてから、淡々と話を続けます。

「舞台から照明の落ちた暗い客席を見下ろすでしょう。小さな劇場だから、客の様子はよくわかる。私目当ての人などほとんどいない。皆、よそ見したり、つまらなそうに下を向いたり、となりの人と話をしたりしている。そこに弟が見える。たいていは通路の脇の暗がりにそっと立って、昔のままの坊主頭で楽しそうににこにことステージを観《み》ていた。すごく嬉しかったよ。幸せな日々だった。こんな日がずっと続くといいと思った。裕福ではなかったけれど、弟に歌を歌ってやるのが楽しかったし、結婚もした。女房は私の歌がとても好きだと言ってくれた」

「弟さんみたいに？」

「ある夜、私は客と揉《も》めた」

私の言葉を遮《さえぎ》るようにして、老人は話を続けました。「酔っ払いのあしらいには慣れていたはずだったのに、暴れる客をはずみで殴《なぐ》ってしまったんだ。今はこんな風になってしまったけれど、昔はなかなかのものだったからね」

老人は薄い胸板を指でとんとんと叩《たた》き、自嘲《じちょう》気味に笑いました。まるで木の板のような乾いた音が、老人の胸からは響いてきました。その音がすべて闇に吸い込まれるのを待つようにして、「私にも相手にも怪我《けが》はなかった」と老人は呟《つぶや》きました。怪我はなかったけれども、しかし、その後の客席の雰囲気は最悪で、メインだった大物歌手の公演にも差し障《さわ》りが出て、老人はその劇場への出入りを禁止されたた、と。

「そんなことは別に構わなかった。収入が減るのは痛いが、よくある話だよ。ただ、その日以来、弟の姿が消えてしまった。どこの劇場でどんな歌を歌っても、弟は現れなくなった。きっとこの前の騒ぎが原因だろうと、私は思った。弟は静かに歌を聴きたかったのに、私がそれをぶち壊してしまった。私は二度、弟を殺したようなものだ」

カップを持った老人の手が細かく震えています。彼はそれを止めようとはせず、ただ、ため息を一つつきました。

「自棄になった私は、毎晩酒を呑み歩くようになった。これもよくある話だ。昼間から酔いつぶれ、何度か仕事に穴を開け、借金を重ねて、ついには喉《のど》がダメになった。自業自得《じごうじとく》だよ。歌手としてはもうどこからも声がかからなくなった時、それでも女房だけは私の歌が好きだと言ってくれた。歌ってほしいと言われれば、私はだから彼女一人の前で歌った。何曲でもね。そのために歌手になったことだけは、決して忘れなかった」

話せば話すほど、老人の声は怪しく艶《つや》を帯びていくのがわかります。それを抑えるかのように、老人はそっと目を閉じました。

「一年後、意外なところで私は弟を見かけた。飲み屋街だ。泥酔《でいすい》して足はふらつき目も霞《かす》んでいたが、それが弟だということはすぐにわかった。坊主頭の子供が、ネオンに照らされた細い路地をすり抜けるように駆けて行ったのが見えたからね」

「追いかけたんですか?」

「ああ、もちろん」

老人は頷きました。「弟はすばしこかったよ。子供の頃の鬼ごっこを思い出した。いや、あれはかくれんぼか。行灯《あんどん》や人混みの向こうに見え隠れする、小さな弟の背中を追って、私は入り組んだ路地を走った。走ったといっても酔っ払いだからね、すぐに息が切れた。そのたびに飲み屋の薄汚れた壁によりかかり、呼吸を整えなければならなかった。しゃがみこんで目を閉じる。何度目の時だったろう、顔をあげると、見知らぬ場所に私はいた。けばけばしいネオンは消え、橙《だいだい》色の電灯が人気のない道路を照らしていた」

身の上話が思わぬ方向に進み始めたのをどうにもできず、私は黙って老人の横顔を見つめました。老人の声が艶を増し、生温かく粘りのある液体のようにとろりと私を包みます。

「道の両側には、既に戸締りを終えた商店がずらりと並んでいる。ガラス戸に白いカーテンが引いてあって、中は見えない。でも、人が誰もいないのはわかった。店の中にも外にもだ。こんな通りがあったろうか、と私は酔った頭で考えた。どこかに迷い込んでしまったのだろうか。それにしても、ずいぶん静かだ。さっきまでうるさいほどだった飲み屋街の喧騒《けんそう》が、まったくといっていいほど聞こえてこないのが不思議だった」

広場の街灯《がいとう》に浮かび上がる老人のシルエットが、実物よりもいっそう弱々しく見えました。話しながら老人は、掌《てのひら》で太腿を何度も撫《な》でています。

「寒いですか？」

「少しね」

と老人は言いました。それから残りのお茶を時間をかけて飲み干し、ゆっくりと息を吐きました。

「足音がしたんだ。見ると通りの端に一軒だけ明かりの漏《も》れている店があってね、そこへ弟が入って行くのが見えた。私は慌てて後を追って、中へ飛び込んだ。なんとも奇妙な店だったよ。壁という壁に棚が作りつけられていて、でもからっぽなんだ。何もない。ガランとした倉庫のような店の真ん中に老女が一人座っていて、『何が欲しいんだい？』と訊《き》いた。まあ老女といっても、そりゃあ今の私よりはずっと若かったけれど」

老人は力なく笑います。

「なんだか変な店だなと思いながら、弟のことを尋ねようとした。今、小さな子供が入ってきませんでしたか？　と。坊主頭でこれくらいの背丈《せたけ》で。でも実際口をついて出たのは、自分でも思いがけない言葉だった。『歌を』私はそう老女に告げていたんだ。まるで最初から歌を買いに来た客みたいに」

「歌？」

「そうだ。私がそう言うと、老女は音もなく立ち上がって、そばへやってきた。それから、おまえの一番大切にしているものは何だ、と尋ねた。だけど大切なものなど何もなかったよ。借金だらけで金はないし、仕事もない。人には見捨てられて女房だけが支えだが、それだっていつ出て行くかわからない。私の言葉を聞くと、老女は歯のない口をぽっかり開けて笑って、ではその懐中時計をもらおう、と私の胸元を指さした」

老人は今でもそこに懐中時計があるかのように、自分の胸に手を当てました。特別な時計だったのだろうか。私が言葉にするより先に、老人が話を続けます。

「大事なものだった。初めて歌のコンクールで優勝した時の副賞で、なによりそれを贈られた日、私は初めて舞台から弟の姿を見たのだ。思い出の品だよ。手放したくないと思った。だけど、気がついた時には私はその時計を懐《ふところ》から取り出して、老女に渡していた。老女は古ぼけた電球にそれを透かしてね、ずいぶん長い時間、品定めをしていた。そしてポツリとこう言った。『足りなくなるだろうね』

「足りなくなる？」

「そう、足りなくなる」

「それは一体どういう意味？」

思わず私が尋ねると、

「私にもわからなかった」と老人は弱々しく首を振りました。「尋ねようにも老女の姿は消えてしまっていたんだ。私はもとの飲み屋街に一人で立っていた。でもあれが夢ではないことはすぐにわかったよ。ふらふらとぶつかってきた酔っ払いを怒《ど》鳴《な》りつける自分の声が、酒や煙草《たばこ》や絶望にやられる前のものだったからね」

「ほんとうに？」

「信じられないかね？」

少し寂しそうに老人は言います。「私は嬉しくて嬉しくて歌を口ずさみながら家に戻った。声は元に戻ったというよりも、むしろ生まれ変わったようだった。道行く人が振り向いたし、知らないはずのメロディがいくらでも口をついて出た。女房も喜んでくれたよ。今のあなたの歌を皆に聴いてもらいたいって。すぐにそうなった。仕事は増えて、人気は上がり、誰もが私の歌を聴きたがった。だけど、それ以上に私が私の声に夢中になった。客を泣かすのも興奮させるのも感激させるのも自由自在だった。ちょっと節回しを変えるだけで、観客は私の思いどおりに泣いたり笑ったりする。そんな楽しいことはなかった。弟？　弟は消えたままだったけれど、もうどうでもよかったよ。第一、その頃の私はまるで弟が乗り移ったかのようだった。死ぬ直前の弟のように、もっともっと、と私は思った。もっともっともっともっと歌いたい。もっともっと歌で周りを夢中にさせたい。もっともっともっと」

そこで老人は、再び激しく咳き込みました。瀕死《ひんし》の犬の遠吠えのような、掠れた老人の声。とっさに背中を撫ぜると、何度か大きく肩で息をしながら、ありがとうとお礼を言います。そして、

「犬が欲しかったのかい？」

ふいに老人が尋ねました。

「犬？」

「ほら、さっき話してくれたろう？　子供の頃のシロ」

ああ、と私は頷きます。シロ。結局、家を建てて引っ越しても、両親は犬を飼わ

せてはくれませんでした。世話が大変だとか散歩が面倒だとか、いろいろ理屈はあったけれど、彼らは結局のところ、自分たち夫婦以外の存在を必要としていなかっただけのような気がします。両親はお互いが初恋の相手だというのが自慢の仲良し夫婦でした。中二の秋、祖母が死んだ時も、両親は互いの手を握り合いながら、静かに涙を流していました。私が古くなってくたびれたシロを祖母の枕元にそっと寝かせると、ぎゅっと身体を寄せ合いながら、二人して大粒の涙をポタポタ落としましたが、私を抱きしめてはくれませんでした。

「欲しかったのは犬じゃなかった気がします」

私は老人に言いました。「きっと自分だけの家族が欲しかったんです。誰かが誰かの存在をたとえ一瞬でも不要だと感じることのない、自分だけの完全な家族」

老人は視線を落とし、じっと私の手の先を見つめました。いつのまにか空が少しずつ白《しら》みはじめ、通り過ぎる車の数も増えて来ています。私は老人が見つめているであろう結婚指輪にそっと触れます。

「手に入れたのかね、自分の家族を」

私が小さく頷くと、老人はほっとしたような顔を見せました。「それはよかった。そうやって自分の力で手に入れたものは決してなくならないからね。大事にした方がいい。私のようにならないためにね。私はダメだった。もっともっとと願い続けて、そして老女の言うとおりになった」

「というと？」

「足りなくなったんだ」

老人が静かに言いました。「もっと歌を歌いたかった。もっと人の心を動かしたかった。なにより自分が自分の歌声をいつまでも耳にしていたかった。こんなふうにね」

背筋をすっと伸ばし、老人が短い歌を口ずさみました。瞬間、目の前の光景がゆらりと歪《ゆが》み、その歪みの中から溢《あふ》れ出た歓喜が私を包み込みます。咲いていないはずの桜が一斉に香り、目の前に柔《やわ》らかな光の渦を巻き起こします。頭がしびれ、私は身動きすらできず、じっと老人を見つめていました。

「ある時、公演の帰りに私はまた弟を見かけた」

歌うのをやめて、老人が言いました。「もちろん後を追ったよ。そうなるだろうとは思っていたけれど、案《あん》の定《じょう》、弟はあの町のあの店に消えた。私が中に入ると老女がニヤリと笑って言った。足りなかっただろ？　と。私は頷いて、そして迷うことなく女房とこの声とを交換した」

老人はぜんまい仕掛けのようなぎこちない動きで、ゆっくりと立ち上がりました。

「ずいぶん昔の話だ。五十年か六十年か、いやもっとか。私はもう人ではないかもしれない。女房を差し出した時から、人ならざるものになってしまったのだろう。ほら」

と言って、老人は筋張《すじば》った手を私に向けて差し出します。

「こうして身体だけはずいぶん歳をとってしまったけれど、まだ死ねずにいる」

空を見上げて老人は一つ大きく息を吐きました。蕾をつけた桜の枝が私達を覆《おお》うように伸びています。

「さて、もうすぐ夜明けだ。お茶をごちそうさま。そろそろ帰るとしよう。悪かったね、話に付き合わせて」

私が慌てて大きくかぶりを振ると、老人は皺だらけの顔を歪めて笑ってみせました。

老人と別れ、夜明けの街を夫の眠る家へ一人歩きます。ポスト、板塀《いたべい》、犬小屋、看板、横断歩道。目に見えるものを一つずつ確かめるうち、なじみの景色が、いつのまにか頭の中であの町にすり替わります。人気のない道路、閉ざされたガラス戸、その向こうの白いカーテン、それをぼんやり照らす橙色の電灯。そして、私を誘導するシロの尻尾《しっぽ》。そう、私の時は『弟』ではなくシロだった、とありありと思い出します。一軒だけ明かりの漏れた店、からっぽの棚、歯のない老婆。老婆に向かって絞りだすように囁いた自分の声。

「子供を。完全な家族が欲しいの」

あの時老婆はつまらなそうに私をじろじろ眺《なが》め、やがて面倒くささそうに頷いたかと思うと、私から「眠り」を奪いました。そして立ち尽くす私に、黒い口をぽっかりと開けて言い放ちました。「足りなくなるだろうね」と。

空がはっきりと明るくなり、街のあちこちから物音が聞こえてきます。やっぱりあれは夢ではなかった。私は少し急ぎ足で家に向かいます。着いたらすぐに朝食を作ろう、そして夫を起こして一緒に食べよう、食べながら報告するのだ、子供ができたと。夫はとても喜ぶでしょう。金魚すくいの話をするかもしれません。夫の喜ぶ顔を想像して、私も嬉しくなります。

「お屋敷」の角を曲がり、坂を上ります。私もいつか「足りなく」なるのでしょうか。その時には、夫や、あるいはもっと別の何かを差し出すのでしょうか。そして人ではないものになってしまうのでしょうか。

それでも私は今、幸せです。昔感じた手付かずの幸福とはまた別の幸福がここにはあります。完全な家族がもうすぐ実現するのです。

特集　熊猫堂鬼談『小説新潮』二〇一三年八月号

ともだち

最初に「ともだち」を見つけたのは娘だった。夏の終わりの夕方、散歩がてら出かけた公園の露店市で、娘はともだちを見つけたのだった。

夕方といってもまだ日は高く、露店市に続く遊歩道には、並木の枝が濃い影を落としていた。私の手を握りうつむき加減に歩いていた娘は、足下に影が現れるたびにそれを飛び越そうと跳《は》ねた。娘のあたたかく湿った指先に、一瞬ぎゅっと力が入る。肩のあたりで切りそろえた毛先が揺れる。

「もっと勢いをつけなきゃ」

声をかけると、娘は立ち止まって私を見上げた。黒目がちの丸い目は夫に似ている。「走ってみる?」繋《つな》いだ手を離す素振《そぶ》りで掲げてみせる。娘の小さな唇《くちびる》が開きかけ、何か言うかなと思ったが、何も言わなかった。ただ丸い目が照れたように笑い、それから黙って首を振った。幼い笑顔とは対照的な大人びた仕種《しぐさ》に、少し胸が痛む。

ともだちがいたのは、露店市のはずれの店だった。それまで窮屈《きゅうくつ》だけれど規則正しく並んでいた露店がだんだんまばらになり、もうこれでおしまいかなと思った先に、まるで傘《かさ》の先端からこぼれ落ちた最後の一滴のように、その店はぽつりと建っていた。

傷のあるコーヒーテーブル、何を象《かたど》っているかもわからない怪しげな置物、どこかの国の王族写真が焼き付けられた絵皿。店先には、価値があるのかないのか、欲しがる人がいるのかいないのか、どうにも判断のつかない物ばかりが雑然と並べられている。

立ち止まったのは、視線を感じたからだ。まるで射抜くような強い視線に、思わず、あたりを見回す。ごちゃごちゃと脈絡《みゃくらく》なく置かれた品物の一番奥、くすんだ鉄瓶《てつびん》と古びたタイプライターの隙間《すきま》から、一人の老人がこちらをじっと見つめていた。やけに丁寧《ていねい》になでつけた白髪と、同じ色の顎《あご》ひげ。見覚えはない。見知らぬ老人が私をねめつけるように見つめている。

「ひさしぶり」

しかし、私が気づいたことに気づくと、老人はにやりと笑った。笑いながら顎ひげを撫でつける。本能的に人を不快にさせる目元、風貌《ふうぼう》とは不釣り合いなスラリとしたきれいな指。何かが心に引っかかった。その何かが不安となってざわざわと波立つように全身を包む。

娘の手を強く握りしめるのと、それまで私の陰に隠れるようにしていた娘が、その手をふりほどくようにして駆け出したのは、ほぼ同時だった。

「ダメ」

とっさに声が出た。何がダメなのか、自分でもよくわからないまま、慌てて娘の後を追う。こんなふうに娘を追いかけるなんて一体いつ以来だろう。娘は振り返ることも躊躇《ちゅうちょ》することもなく、露店の裏に回りこんだ。

「待って。どうしたの？」

小さな背中へ問いかけながら、心のどこかで「知ってるくせに」と思う。娘がどこへ向かっているのかも、そこに何があるのかも、本当はちゃんと知っているくせに。ざわざわと広がった不安が、徐々にひとつの確信に変わる。娘が足を止める。ほら、と困惑《こんわく》と諦《あきら》めの入り混じったような気持ちで、私は目の前の光景を眺める。ほら、やっぱりそうだった。あの子がいる。

十歳くらいの男の子だった。白いシャツに紺《こん》色のハーフパンツ。公園の芝生の上にきちんと正座をし、生真面目《きまじめ》な表情で真っ直ぐ前を向いている。その男の子を同じように娘が真っ直ぐ見つめていた。

「懐かしいだろう」

ぎょっとして振り向くと、にやにや笑いを浮かべたさっきの老人がいつのまにか立っている。「何年ぶりだ？　五年？　十年？　もっとか？」

何と答えていいかわからない。黙りこくっている私の脇を老人はすり抜け、娘にゆっくりと近づいた。娘の頭を形のいい手でぽんぽんと二度撫でる。それから同じ手で少年を指差した。

「ともだちだよ」

老人は言った。「仲良くできそうかい？」

娘は無言のまま頷いた。

その夜、娘はいつもより早くベッドに入った。ともだちを見つけて興奮していたのかもしれないし、明日が待ち遠しかったのかもしれない。娘はひと目でともだちを気に入ったようだった。根負けした私が、「また明日会いに来ようね」と言うまで、ともだちの前から動かなかった。私の時とは随分違う。

夕飯の片付けを終えて子供部屋を覗くと、娘は既にぐっすり眠っていた。大きく手足を広げ、勢い余って左手がベッドから飛び出ている。足元には丸まったタオルケット。起きている間中、世界のすべてを警戒しながら生きているように見える娘が、存分にのびのびできるのは、こうして眠っている時だけなのかもしれない。そう思うと不憫《ふびん》さに胸が潰れそうになる。足元のタオルケットをかけ直し、落ちかけた左手をそっとベッドの中に戻す。娘の手はいつもあたたかい。しばらくぬくもりを確かめてから、私は子供部屋を出た。

気持ちは決まっていた。そのまま寝室へ行き、クローゼットを開ける。扉の内側はまだ新築のにおいがした。この家が完成したのは去年の三月だ。結婚して娘が生まれ、その娘の小学校入学に間に合うように家を建て、引っ越しを済ませた。ローンの長さに気が遠くなりはしたが、それを含めてすべては予定通りといってよかった。唯一の懸案は夫の通勤時間が長くなることで、しかしその問題もすぐに解決した。家の完成とほぼ同時に、夫の転勤が決まったからだ。

「えぇー？　俺、この家に住めないの？　がんばったのにー」

子供のようにだだをこねてみせ、家具も揃《そろ》わない家で段ボール箱に囲まれながら、それでも一週間ほど新居に暮らして、夫は赴任先に向かった。おどけた仕種で何度も振り返りながら搭乗口に消えていく夫を、私と娘は見送った。

「バイバーイ!」

ぴょんぴょん飛び跳ねながら、娘が大きな声で叫ぶ。

「お父さん、バイバーイ!」

あの頃の娘は、まだ隙あらば広い空港内をちょろちょろ走り回ろうとするような子供で、私はその手を離さないことに腐心《ふしん》していたのだった。

けれども、いつのまにか娘の中からそんな子供っぽい快活さは、すっかり消え失《う》せてしまっていた。わずか一年半。何度も考えた。何が悪かったのか。どこからやり直せばいいのか。入学した学校になじめなかったのか。幼いなりに築き上げた幼稚園での人間関係を失ったのが堪《こた》えたのか。今までの出張と同じように数日で戻ると思っていた父親が、滅多に帰らないのがショックだったのか。あるいはその全部か、もしくはまったく別の何かなのか。

いくら考えても正解にはたどりつかず、気がついた時には、娘は透明で分厚い殻《から》にすっぽり覆われてしまっていた。私は殻の外側から娘に話しかけ、娘は殻の中でそれに答える。私の声が本当に届いているのかどうかがわからず、娘の声もこちらに届かない。夫は私を責めたりはしなかったが、親としてなにより悲しいのは、娘自身が毎日その殻を、厚く固くせっせと補強しているように感じることだった。

クローゼットの奥には段ボール箱がいくつか、まだ引っ越しの時のまま積み重なっている。その一つ、一番小さくて一番古ぼけた箱を手にとった。蓋《ふた》に積もった埃《ほこり》を指で拭ってから、そっと蓋を開ける。中から祖父の形見《かたみ》の碁石《ごいし》が姿を現した。これを取り返してから十年。そう、本当ははっきり覚えている。あの日以来、私は十年ぶりにともだちに会ったのだ。

当たり前ではあるが、十年という月日はともだちにとっては何の意味も持たない。今日再会したともだちは、十年前と何一つ変わっていなかった。いや、それをいうなら三十年前とも変わっていなかった。

三十年前、私はともだちと初めて出会った。私の目の前で、両親が祖父の形見の碁石とともだちとを交換したのだ。

ちょうど今の娘と同じ年頃だった。半年ほど前に大好きだった祖父を亡くした私を両親はずいぶん心配していた。祖父の死後、私が暇さえあれば祖父の碁石を取り出して一人遊びをしていたからだが、けれどもそれは両親が思うような意味とは違っていた。私は孤独に耐えかねているわけでも、祖父のいない空白を別の何かで埋めようと考えていたわけでもなかった。

私はただ祖父の碁石が好きだったのだ。特別にきれいな石だった。日に透かすとまるで透き通ってしまいそうなほど繊細な白石と、夜を幾重にも重ねたような重く暗い黒石。自ら発光しているような光沢は、眺めているだけで心が落ち着いたし、なにより祖父がそばにいてくれる気がした。

「おじいちゃんと遊ぶ」

碁石遊びのことをそう呼んでいたのも悪かったのかもしれない。ある日、両親は私を露店市へと連れ出した。いい物を買ってやろう、父はそう言った。今日と同じ、夏の終わりのことだ。

初めて見る露店市は、子供の目には恐ろしく映った。当時は今よりずっと賑やかで、店の数も人の数も今とは桁違《けたちが》いだったのだ。目の前には常に人が壁のように立っていて、わんわんと耳鳴りのような音があたりじゅうに響いている。世の中のほとんどすべては子供にはわからないルールで動いていることは知っていたが、とりわけこの場所には子供の入り込む隙《すき》はないように思えた。

私は母の手を離さないことだけに神経を集中させた。時折、見たこともないような鉢植《はちう》えの花や動物の模型に目を奪われることがあったが、そんな時は決まって誰かの肘《ひじ》が額《ひたい》にぶつかったり、思い切り足を踏まれたりした。父の提《さ》げた風呂敷《ふろしき》包みが脚を打つこともあった。

痛いよと声を上げても両親は歩をゆるめなかった。両親にも両親なりの逡巡《しゅんじゅん》や覚悟や思いがあったろうと、今ならわかる。だが、その時は脇目もふらずに歩く両親に腹を立てた。何を買ってくれるつもりか知らないが、と私は思った。たとえ何を買ってくれたとしても、そんなものでは絶対に遊ばない。おじいちゃんの碁石があれば、もうそれでいい。

どれくらい歩いただろう。果てしなく続きそうな露店の列に私がほとほと疲れ果てた頃、両親は一軒の店の前でようやく立ち止まった。

「ああ、ここだここだ」

父はほっとしたように言った。

奇妙な店だった。これだけの人出《ひとで》があるのに客は一人もいない。まるでこの店だけが、誰の目にも見えていないみたいだった。おまけに売っているのは、わけのわからないガラクタばかり。欠けた皿や、腕の取れた人形や、体中に目玉がある謎《なぞ》の木像。木像には目玉が全部でいくつあるか数えようとしたが、バカバカしくなってすぐにやめた。こんな店にどんな「いい物」があるというのだろう。疑問と失望と疲労が一気に襲《おそ》いかかる。家に帰りたい、母親にそう告げようとした時、

「このたびはお世話になります」

　裏から現れた人物に、父がにこやかに声をかけた。

「いやいや、こちらこそ」

　男もにこやかに、いや、にやにやと応える。三十年後には髪も顎ひげも真っ白になる露天商は、この頃はまだ若く黒く長い髪を後ろで一つに束ねていた。

「では、早速拝見しましょう」

　男の言葉に父親が持参した風呂敷包みを解《ほど》く。人混みで私にごりごりとぶつかってきた風呂敷包みだ。その紫の布がはらりと開いたその時の光景を、私は一生忘れないだろう。

　現れたのは桐《きり》箱だった。

「え？」

　思わず声が漏れる。大丈夫よ、すかさず小声で母が言う。でも。父が箱の蓋に手を掛ける。でも、でも。私は思わず目を閉じる。ぎゅっと目を閉じて、必死に祈る。何かの間違いでありますように。よく似た別の箱でありますように。おじいち

ゃんの碁石じゃありませんように。

父が何か言い、露天商が笑い声をあげた。たまらず目を開ける。露天商のにやけた笑顔が見えた。案の定、碁石を手にしている。おじいちゃんの碁石だ。彼は笑顔を貼り付けたまま、それを一つ日にかざす。一瞬、目から笑《え》みが消え、それから満足気に頷いた。

「お父さん……」

泣きたいような怒りたいような気持ちがあふれて、私は父の手をとった。露天商が祖父の碁石をそそくさと長持《ながも》ちにしまいこんでいる。

「大丈夫だよ」

と父も言った。ちっとも大丈夫じゃないのに、そう言った。

「今日からはともだちが来るんだよ」


翌日も影の濃い日だった。私は娘の手を引いて露店市に向かった。

日盛《ひざか》りの中を、露店を冷やかしながらゆっくりと歩く。そうすることに何の意味もないとわかっていながら、ぐずぐずと時間を引き延ばした。いちいち足を止めて、興味もない家具や古着を物色《ぶっしょく》し、買うつもりも必要もない置き時計の秒針の動きをじっと眺めた。碁石の入ったトートバッグが、じわじわと肩に食い込む。私は父のことを思い出す。あの日、父の風呂敷包みもこんなふうに手に食い込んだのだろうか。

金色の秒針が一周したあたりで、娘が遠慮がちに私の手を引っ張った。早くともだちに会いたいのだ。私はそっと息を吐く。それから笑顔を作り、「そうね、行こうか」声をかけると、娘は丸い目をもっと丸くして、にっこりと笑った。

「お待ちしておりました」

今や白髪となった露天商は、私たちの姿を認めると、わざとらしく深々とお辞儀《じぎ》をした。白髪の向こうに地肌が透けて見える。その頭頂部を眺めながら、私はこの男がずっと嫌いだったのだと思う。三十年前、祖父の碁石を無造作に長持ちにしまった時も、十年前、駅でばったり会って碁石を返してほしいと懇願した私に、「碁石？　まあそうだなあ、ともだちでも持ってきてくれれば考えないこともないけどなあ」ととぼけた口調で言い放った時も、私はこの男を心底憎んだのだった。

それでも今また私はこの男に頭を下げて、ともだちを譲ってもらおうとしている。男が私の差し出した碁石に手を伸ばす。払いのけたくなる衝動を抑えるのに苦労した。男はそんな私の気持ちを見透かすように、わざととと思えるほどゆっくりと碁石を眺め回している。

「ここにはいつまで?」

男が碁石を手にしているのに耐えられず、思わず声をかけた。

「……さあ、今日か明日か、あるいは一年後か」

男は意外そうにこちらを向き、それから再びにやにやと笑う。「なに? もしかしてまた来るつもり? あの時みたいに?」

返事はしなかった。老いた男の身体をまじまじと眺める。皺のよった口元。細く痩せた髪、肉の削《そ》げ落ちた二の腕、筋張った首筋、血管の浮いた手の甲《こう》。何もかもが変わってしまったと思う。露店市の賑わいも、店先に並ぶ商品のラインナップも、この露天商の風貌も、そしてもちろん私自身も。三十年の間に、世界はずいぶん変わってしまった。

変わらないのはともだちだけだ。背伸びするようにして裏に目をやると、正座するともだちの後ろ姿が見えた。

あの時と同じだ。父に「ともだちが来るよ」と言われ、その時初めて私はテントの脇にいる少年に気づいたのだ。ともだちは身じろぎもせずに座っていたが、露天商から呼ばれると、バネ仕掛けのようにぴょんと立ち上がり、一目散《いっもくさん》に駆け寄ってきた。脛《すね》についた土くれがはらはらと落ちたのを覚えている。

「こんにちは！」

挨拶《あいさつ》のお手本のような元気な声。父や母ではなく、私にだけ向かって言ったのを、そういうものなんだなとぼんやりと納得した。

ともだちはおしゃべりだった。手を繋いでの帰り道も、ともだちがほとんど一人で話し続けていた。あるいは碁石のことを思い出して時々涙ぐむ私を、彼なりに慰《なぐさ》めてくれようとしていたのかもしれない。

ともだちの手は私よりひんやりしていた。そのひんやりした手を時々振り回しながら、なんとかいうヒーローの変身ポーズを解説してくれ、口笛の上手な吹き方を教えてくれ、学校に代々伝わるという怖い話を披露《ひろう》してくれた。A校舎の階段には呪《のろ》いがかかっていてしょっちゅう生徒が転がり落ちるという話だ。

「上から三段目、そこに呪いがかかってるんだって。どうしてかというと、昔そこから落ちて誰かが死んだから。ほんとだよ。二組の生徒も全員知ってる」

どこの学校のA校舎で、どこの二組なのかはよくわからなかったが、私は神妙に彼の話を聞いた。「怖いよね」とささやく彼に同意してみせる。すると、ともだちはふいに立ち止まり、ポケットから小さな木箱を取りだした。

「あげる」

ともだちは言った。「蟬《せみ》の抜け殻だよ。すごくきれいなんだ。こんなにきれいなやつは滅多にないんだ。ともだちのあかしだよ」

ともだちのあかし。

その大仰《おおぎょう》な言葉を口の中で繰り返してから、

「ありがとう」

私はそれを受け取った。

その時とまったく同じ光景が、三十年後の今、目の前で繰り広げられていた。違うのはともだちが私ではなく娘に向かって走り寄ってきたことと、娘も彼をとても友好的に受け入れたこと、そして虫の苦手な娘が蟬の抜け殻を見て一瞬怯《ひる》んだことだけだ。それでももちろん娘は木箱を受け取った。

「ありがとう」

娘の声が離れて歩く私のところまで届く。「ともだちのあかしね」

明るく柔らかいその響きに胸が詰まった。

ともだちは私のことを「おばちゃん」と呼んだ。ともだちのことを懐かしいと感じていたわけではなかったが、家に戻ってすぐにそう呼ばれた時は思わずぎょっとした。「いやいや、おばちゃんてあんた」と言いかけて、あ、そうかと言葉を呑み込む。考えてみれば当たり前のことだった。彼は今は娘のともだちであり、私のともだちではないのだ。

「おばちゃん」

「はいよ」

　気を取り直して答えると、ともだちはソファに座る娘の方をちらりと振り向き、

「カルピスのおかわりがほしいそうです」と言った。

「そうなの？」

　ともだちの頭越しに、こくりと頷く娘が見えた。もう、ちゃんと自分の口で言いなさいよ。あなたも飲む？　小言《こごと》めいたことを口にしてから、はっとする。娘にこんな口調で話しかけるのは久しぶりだった。そうするまいと決めていたはずだったのに、いつのまにか私は殻の中でうずくまる娘を、腫《は》れ物のように扱っていたのだろうか。

　ソファに並んでカルピスを飲む二人を私は見つめる。娘のぶらつかせた足がテーブルに当たった。大きな音に驚いた二人は一瞬顔を見合わせ、それから弾《はじ》かれたよ

うに同時に笑った。

こうして私と娘とともだちの暮らしが始まった。

「ご飯なんかはどうなってるの？」

電話の向こうで夫が言う。ともだちのことをメールで報告すると、やけに興奮したような返信があり、何度かやり取りをした後、辛抱《しんぼう》できなくなったのか珍しく自分から電話をかけてきたのだ。事後報告になってしまったことを気に病《や》み、娘がいかにともだちを気に入ったか、ともだちといる時にどんな笑顔を見せるか、二人が一日のほとんどをどんなふうに一緒に過ごしているか、熱の入ったプレゼンを準備していた私にとっては、拍子抜けに近い反応だったが、それでも勝手を責められるよりずっとよかった。

「食べても食べなくてもいいみたいよ。誘えば一緒に食べるけど、そうじゃなければ全然食べないし、お腹もへらないみたい」

「え！　なんだ、それ！」

実にストレートに夫は驚き、「超便利じゃないの！」と心底、羨《うらや》ましそうに言った。

「俺もそうなりてえなあ。こっちのアパート、近所に全然いい飯屋なくてさあ」

唐突に自分の話をはじめる。自炊も毎日というわけにはいかないし、かといってコンビニ弁当ばかりじゃ飽きるし、近くにふらっと行けて一杯飲んで歩いて帰って来られる店があれば、ていうか、聞いてる？

「聞いてる聞いてる」

「ああ、早く帰りてえなあ」

ほとんど叫ぶように夫は言った。子供のような物言いに笑ってしまったが、次の瞬間、本当に夫が今すぐ帰ってきてくれないものかと願う。夫のような人が家の中に一人でもいてくれたら、こんなことにはならなかったのではないかと、確信にも似た気持ちが湧いてくる。こんなことがどんなことか、いいことか悪いことか、自分でもうまく説明できないままその気持ちだけが強くなっていく。

ともだちと出会ってから手放すまで二十年。それほどの時間をともだちと過ごしたことを、私は今まで誰にも言っていない。夫には打ち明けるつもりだったが、結局、言えなかった。「しっかし、驚いたなあ。ともだちなんて、お前知ってた？」そう尋ねられた時も、「知らなかった」と反射的に答えていた。

だが、それはあながち嘘《うそ》ではないのだと、私は私に言い訳をする。ともだちに関しては、知らないことはたくさんあった。たとえば昼間、ともだちのともだちである人間（かつては私であり、今では娘である）が学校に行っている間、残された彼が何をしているのか。

「おお、そうだよ。何してるの？」

夫が尋ねる。

「座ってる」

「へ？」

ともだちは座っているのだ。露店市のテントの裏でそうしていたように、部屋の隅《すみ》で身じろぎ一つせず正座をしている。そうして娘の帰りを待っている。もちろん声をかければ返事をするし、勧めればそばにやってきて麦茶を飲んだりもするけれど、それはいかにも「付き合い」という風情《ふぜい》で、実際反応も鈍い。

誰でもそうだと思うが、子供が部屋の隅でじっと座っているのを見るのは、あまり気分のいいものではない。私もはじめの頃は、その放り出されたような小さな背中を見るのが嫌で、娘の不在時もなにかと気にかけ、話しかけるようにしていた。

けれども、ともだちは娘以外の人間には見事なほど興味も愛着も持っていないようだった。私に何を言われても訊かれても、「はい」とか「いいえ」とか「そうですね」とか、木で鼻をくったような台詞《せりふ》を、いかにも面倒くさそうに答えるだけなのだった。ましてや笑い声をあげたことは一度もなかった。

いつしか私はともだちのことを気にするのをやめてしまった。ともだちは今はもう娘のともだちなのだ。

「二人は仲良くやってるんだろ？」

まるで嫁いだ娘を心配する父親のような夫の言葉に、思わず笑ってしまいながら、「それはもう」と答える。

「それはもうびっくりするくらい」


実際ともだちがやって来てから、娘は世界に対して少しずつ心を開いているように見えた。ともだちの言葉に笑い、ともだちと一緒に走り回り、時には我儘《わがまま》を言うようになった。小学校の遠足にも、娘はともだちと行きたがった。さすがにそれは無理だと言うと、娘は突然大量の涙を流した。泣きながら「どうして？」と訴える。

「どうしてって……ともだちは学校のお友達じゃないからよ」

迫力に押され、かろうじてそう答えると、娘はまるで挑むような目で私を見上げた。その目から次々涙があふれてくる。絞り出すように娘が言う。

「学校の友達なんて知らない。私のともだちは一人だけよ」

友達は一人だけ。娘の孤独を垣間見た気がして、一瞬言葉を失った私の横で、ともだちが「ごめんね。ごめんね。泣かないで」とひっきりなしに謝っている。

「どうしてあんたが謝るのよ！」

思わず声を荒らげると、ますます娘は泣き、ともだちは謝った。

結局、絶対にともだちには話しかけないという約束で、私はともだちを連れて娘の遠足場所である市民公園へ出かけた。娘が不憫だったのと同時に、こんなふうに感情を露《あら》わにする娘が嬉しくもあったのだ。私としても、どうにか娘の現状を変えたかった。

娘は約束を守った。私に気づいても目を合わせず、近づいてくることもなかった。けれども、お弁当を食べながら、どんぐりを拾いながら、長い滑《すべ》り台を下りながら、いつでもともだちの居場所を目で探った。見つけると、満面の笑みを浮かべる。公園へ来る車の中ではろくにしゃべりもしなかったともだちも、そのたびに輝くような笑顔で手を振った。

その日の午後だった。娘より一足先に家に戻った私は、「昔のことを覚えてる？」とともだちに尋ねた。魔が差したというよりは、娘がいなくなった途端、決まりきった返事しかしなくなったともだちを少しは動揺させたかったのだと思う。

「私のこと覚えてる?」

しかし口にした瞬間、これでは昔の恋人かなにかみたいだと、むしろ私が動揺した。いやいやそういうんじゃなくてと、無意識に手をぱたぱたと振る。それがまたみっともなくて、ああ、もういいや、ごめんごめん気にしないで、と声をかけようとした時、

「おばちゃんのこと?」

ふいにともだちが口を開いた。てっきり無言か、せいぜい眠たげな口調で「いいえ」と言うとばかり思っていた私は、さらに激しく動揺した。何を言い出すのか聞きたい気持ちと、立ち上がってともだちの口を塞《ふさ》ぎたい気持ちがせめぎあう。ともだちは覚えているのだろうか。私との日々を。私が最後にともだちにしたことを。

「あの」

ともだちが言う。

「あの、ごめんなさい。僕、よくわかりません」

ともだちの言葉に、安堵《あんど》が押し寄せる。

「いいのよ」

震えそうになる声をごまかすように、膝に載ったともだちの手をぽんぽんと叩く。ひやりとした感触は昔と変わっていなかった。それが合図だったかのように、ともだちはすっと立ち上がると、部屋の隅で静かに腰をおろした。

遠足の日以来、娘とともだちはますます親密になっていった。家ではいつも二人じゃれあうようにして過ごしていたし、学校以外はどこにでも一緒に行きたがった。

彼らを見ていると、かつての私とともだちの関係など何の意味もないように思えた。これがともだちとの本来の友情なのだとすると、私たちの間にはそんなものは最初から存在しなかった。だいいち、祖父の碁石がなくなってしまってからは、私は家の中で過ごす時間がぐんと減っていたし、学年が上がるにつれ勉強や習い事が忙しくなっていき、ともだちとの時間は削られるばかりだったのだ。

ともだちのことは嫌いではなかった。嫌いではなかったが、どんどん成長していく私にまとわりついて、いつまでも蝶《ちょう》の羽根の模様の話や電車のなんとかいう型式の話をするともだちとどう接していいのかわからなくなっていたのも事実だった。

私より背の高かったともだちのつむじを、いつしか私は見下ろしていた。まるで歳のはなれた弟のようになってしまったともだち。

時が経つにつれ、私は祖父の碁石が恋しくなった。幼いともだちより、あの宝石のような碁石を手元に置いておきたいと思った。週末ごとに露店市を回り、露店商を捜したこともある。高校生の頃だ。けれども見つからなかった。露店市は、場所も形もその顔ぶれもひっきりなしに変わるものだからだ。

娘にもいつかそんな時がくるのだろうか、とお互いに凭《もた》れあうようにし、一冊の本を覗き込んでいる二人を見ながら思う。読めない字があると額を寄せ合うようにして知恵を絞《しぼ》り合っている。微笑ましい光景だと思う反面、なにか割り切れないようなもやもやした思いも胸に宿る。

二人が迷子になったのは、そんなもやもやが霧のように家の中に漂い始めた頃のことだった。ショッピングモールでちょっと目を離した隙に、姿を消した。あれほど私にべったりだった娘は、今はどこへ行くにもともだちとばかり手を繋ぐ。それは即ち姿を消す時も二人一緒ということだ。

一瞬にして血の気が引く。慌てるな、慌ててはいけないと自分に言い聞かせた。トイレ、フードコート、おもちゃ売り場。二人の行きそうな場所を手当たり次第捜しながら、頭の中には、三十年前、なぜかともだちとレイトショーに行った時のことがありありと蘇っていた。

あれはまだともだちが家にやってきて間もない頃だった。どこから仕入れた知識かは忘れてしまったが、夜でもやっている映画館があって、そこでは一晩中楽しい映画が掛かっていると聞いたのだ。行ってみたいと言ったのは私だった。

「叱られないかな」

ともだちは心配していた。

「大丈夫よ。お父さんとお母さんが寝てからこっそり抜けだして、お父さんとお母さんが寝てるうちにこっそり帰ってくればバレないって。お布団を人の寝ている形にしておけばいいのよ」

漫画で読んだ知識も総動員して、渋《しぶ》るともだちを私は説得した。最初は乗り気ではなかったともだちも、ついには「そうだね、すぐに帰ってくればいいね」と同意してくれた。が、どれだけ綿密に計画を練ろうとも、所詮《しょせん》は子供である。私たちは切符売り場で、あっけなく保護された。

「大丈夫だよ、ぼくが謝ってあげるから大丈夫だよ」

交番のパイプ椅子《いす》に並んで座って親の迎えを待っている間中、ともだちはずっとそう言い続けていた。決意のせいか、まぶたのあたりがうっすら赤い。ほっぺたが不自然に膨らんでいるのは、おまわりさんが「内緒だぞ」と飴玉《あめだま》をくれたからだ。甘露《かんろ》飴。あれはまん丸の甘露飴だったと、なぜか鮮明に思い出す。

ああ、そうだ、外に出たのかもしれない、とふいに閃《ひらめ》いた。レイトショーの時のように二人だけでどこかへ行こうとしているのかもしれない。もつれそうになる足で、私はモールの出口に急いだ。と、その時、迷子放送が耳に届いた。「男の子と女の子の双子《ふたご》のおこさま」を保護していると、その若い女の声は言った。あの子たちだ、考えるより先に確信していた。

細くて暗い通路の奥、迷子センターのベンチに二人は並んで座っていた。小さな手を膝の上でぎゅっと握り、同じ角度で首を垂《た》れている。ほんとうによく似ている、というのが最初に浮かんだ感情だった。安堵でも怒りでもない、純粋な驚愕《きょうがく》。これなら双子と間違われるのも仕方がない。というか、これはどこかよそのおたくの本物の双子で、私の捜している子供たちではないのではないか。胸がざわざわし、駆け寄ろうとした足が止まる。

気配を察したのか、うつむいていたともだちが顔を上げる。私を見つけて、あ、と声を上げた。それにつられて娘もこちらを見る。二人はもう似ていなかった。

「もう、あんたたちはっ！」

何をどう考えていいのか混乱したまま、とりあえず鋭い声を放った私を、迷子センターの中年女性がなだめる。

「ちょっとお菓子の棚を見ているうちにお母さんを見失っちゃったそうで」「でもはぐれないように、しっかり手を繋いでいたんですよ」「お兄ちゃんが妹さんをずっと励ましていて」「優しいお兄ちゃんですね」

「お世話になりました」

言い募《つの》る女性を遮るように、私は彼女に向かってお礼を言った。ともだちが立ち上がってそばまでやって来る。

「ごめんなさい」

ぴょんと下げた頭のつむじを私は見下ろす。

「そばを離れちゃダメだって言ったでしょう」

娘は何も言わない。ただともだちの横でずっと下を向いていた。時折、「もうしないよね」とともだちに促され、頷くだけだ。

胸のざわつきが止まらない。考えてみれば、ここのところともだちとしか口を利《き》いていない日がある。娘も私もだ。ともだちの口から娘の希望が伝えられ、ともだちの口から私の指示が届けられる。娘は世界に対して心を開いたわけではなく、ともだちを通して世界と対峙《たいじ》するようになっただけだったのだろうか。

「聞いてるの？」

私はしゃがみこみ娘と目線を合わせる。手を握ると、一瞬、怯えたような怒りをたたえた目で、娘は私を見た。

「聞こえてるならちゃんと返事をしなさい」

「……はい」

抗議の沈黙の後、ほとんど口の動きだけで娘は言った。あたたかな手のひらが私から逃《のが》れようとして、捻《ねじ》れるように動いた。

霧のようだったもやもやが、少しずつ濃くなっていく。ともだちが来てから娘の笑顔は確かに増えたが、それは世界と打ち解けた証《あかし》ではなかったのかもしれない。ともだちにばかり向けられる笑顔と親愛の情。だとしたら、私は取り返しのつかないことをしてしまったのではないか。

そう思い始めた時、夫が短い休暇を取って戻ってきてくれた。

「よお！　久しぶり！」

顔を合わせるなり、夫は娘を抱き上げる。突然現れた大好きな父親に娘は驚き、それからすぐに顔中をくしゃくしゃにして喜んだ。数秒で娘をそんな顔にさせる夫を束《つか》の間狡《まずる》いと思い、そう思った自分を恥じた。

「こんにちは」

ともだちが挨拶する。

「おお、君か！　君が噂《うわさ》のともだちか！」

言うが早いか、夫はともだちも抱き上げた。「やっぱり重いな、おい」

二人の子供を両腕に抱えながら、夫も満面の笑みだ。そこには何の悩みも屈託《くったく》も宿していないように見える。子供たちは歓声を上げながら、夫の太い首に腕を回している。そのひょろりとした腕を見ながら、私も子供だったらよかったのにと思う。そうしたら一緒に夫に抱《かか》えてもらって、すべてから守ってもらうのに。

三日間の休暇を、夫は私たちのために精力的に過ごしてくれた。

遊園地、ショッピング、夜は皆で夜更《よふ》かしのボードゲーム。夫は何一つ億劫《おっくう》がらなかった。娘たちと一緒にアトラクションの長い列に並び、お揃いの服ばかり欲しがる二人のために店を何軒も回り、ルーレットの目を自由に操《あやつ》れるとホラを吹きながら、ゲームに何時間でも付き合った。夫の言う目がちっとも出ないことに、娘もともだちも涙を流すほど笑った。

この人がいてくれたら本当に状況は何もかもが違っていたのではないか。何度思ったかわからない。けれどもそう思うこと自体、今の自分を否定する気がして、やっぱり胸が苦しいのだった。

「お父さん、いつこっちのおうちに帰ってくるの？」

夕食の後、娘が夫に尋ねている。娘の目には、台所で食器を洗う私の姿など目に入っていないようだった。

「寂しいのか」

「うん、寂しい」

なんて素直で健全なやりとりだろう。娘の横ではともだちが、にこにこと二人の会話を聞いている。とても自然で満ち足りた光景だと私は思う。そこに自分がいないことさえもこんなに自然だ。三人が何かいっせいに笑った。私は思わず目を逸らす。

明日は赴任先に戻るという夜、

「かなり明るくなったんじゃない？」

遅い風呂から出た夫がビールの栓《せん》を開けながら言った。

娘のことだ。

「そう？」

「学校の話もさ、いろいろしてくれたよ。呪いの階段とかさ」

それはあなたといるからだ、という言葉を私は呑み込んだ。あなたといるから、あの子は笑い、目を見てきちんと自分の言葉でしゃべるのだ。それに呪いの階段は娘じゃない。ともだちの話だ。ともだちですら夫にはいきいきと話しかけるという事実に、私は密《ひそ》かに打ちひしがれた。


夫が残していった明るさの名残《なごり》は、わずか三日ほどでぷつりと消えてしまった。きっかけは「ともだちごっこ」だった。娘とともだち、どちらが考案したか知らないが、お揃いの洋服を着た二人が、壁に向かって黙って座り続けるというものだった。何が楽しいのかわからないうえに、私にはこのうえなく不気味に思えた。日の落ちた廊下で、冷たいキッチンの床で、脱衣場の隅で、子供が二人並んで座っている。それだけでも十分気味が悪いのに、話しかけても返事はなく、覗き込んだ顔は恐ろしいくらい無表情だった。なにより嫌だったのは、夫がいる時にはあんなにくっきりしていた娘の輪郭《りんかく》が、どんどんぼやける気がしたことだった。ともだちと同じ服を着、同じ姿勢で、同じように空を見つめている。肩を揺すると同じ夕イミングで振り向いた。二人の気配はますますそっくりになっていった。

「いい加減にしなさいっ！」

ある日、私はついに二人を怒鳴りつけた。二人の襟首《えりくび》をつかんで無理矢理立たせる。

「今度その遊びをしたら、二度とあなたたちを一緒に遊ばせません」

私は娘の目を見据《みす》えて言った。「二度とです。お母さんは本気です」

しばしの沈黙の後、

「ごめんなさい」

と、ともだちの声がした。直後、娘は何も言わず、ぷいと部屋を出て行った。

その日から娘は私を一切無視した。黙って夕食を食べ、黙ってベッドに入り、黙って朝食をとり、黙って学校に行った。正確には、いただきますも、おやすみも、おはようも、ごちそうさまも、いってきますも、全部ともだちが言った。午後から雨の予報だから傘を持っていきなさいという私に「はい」とともだちは答えたが、傘は玄関に残ったままだった。

娘を怒らせてしまったことはわかった。でも、どうすればよかったのだろう。このまま娘が得体のしれないともだちごっこに興《きょう》じるのを見守ればよかったのだろうか。

夫がいなくなった途端これだ、と私は自分が情けなくなる。娘を殻の中から引っ張り出すどころか、ともだちという最強の仲間を送り込んでしまった。二人はあの楽園を守るために、ますます強く厚く殻を築いていくだろう。

窓ガラスにぽつりと一粒当たった雨が、みるみるうちに激しくなる。ベランダのコンクリートに黒々とした染みが広がっていく。振り返って壁の掛け時計を確認し、娘を迎えに行くために私はのろのろと立ち上がった。レインコートと子供用傘。その傘のあまりの小ささが苦しい。

今日のところは、とりあえずケーキで手打ちにしよう。と、むりやり声に出す。以前、というのはともだちが来る前のことだが、娘と二人でよく行ったカフェ。そこに寄り道をして、娘が大好きだったケーキを食べて、それで帰ろう。思えばともだちが来てから、私は娘と出かけるどころか、ふたりきりで話をしたこともなかったのだ。お互いの顔を見ながら話をすれば、いや、話なんてしなくても、ゆったりと同じ時間を過ごせば心もほぐれるのではないか。

「行かない」

しかし、娘はあっさりと私の提案を却下《きやっか》した。学校の昇降口で、渡したレインコートに袖《そで》を通しながら、「ともだちがいないなら行かない」ダメを押すように繰り返す。

娘の口調はたじろぐぐらいきっぱりしている。久しぶりに娘とまともに口をきいたのがこれか。そう思うと情《なさ》けなくて涙が出た。

「ともだちとはまた今度来たらいいわよ」

つとめて明るく言ってみるが、娘は答えない。

「ケーキ、久しぶりじゃない」

「いらない」

「じゃあ、お母さん一人で行くわよ」

「いいよ」

「そんなこと言わないで。ほら」

差し出した手を無視して、娘は傘を開くと私に背を向け、さっさと自宅に向かって歩きはじめた。慌てて後を追う。ごにょごにょと何かつぶやく声がしたので「なに？」と回りこんで訊き返すと、

「お父さんのところに行きたい」

娘は言った。お父さんのところでお父さんと暮らしたい。

「お母さんはここに残ればいいよ。ともだちもそうしたいって言ってた」

もうどうしようもないと思った。あるいは仕方がないと思った。翌日、私は娘を学校に送り出すと、ともだちを外へ誘いだした。

「どこへ行きますか？」

娘と離れている時特有のぼんやりした話し方で、ともだちは言う。

「いいところ」

答えてから、十年前も確か同じ台詞を言ったのだったと思い出す。ともだちは本当に、あの日のことを覚えていないのだろうか。十年前のあの日、彼は自分が再び碁石と交換されるのも知らずに、私と二人で軽い足取りで家を出たのだ。少し前に二人で行った水族館がよほど気に入ったのだろう、ともだちは、水族館の話ばかりしていた。

「ねえねえ、水族館の床ってさ、いつでも濡《ぬ》れてる気がしない？」

たしかそんなことを繰り返していた。もしかしたら、あの日も水族館に行けると思っていたのだろうか。そう考えると胸が痛む。

実際には、私は彼を水族館ではなく、露天商のもとへ連れて行った。今と同じだ。露天商捜しを諦めかけていた十年前のある日、駅の改札で彼を偶然見かけたのだ。追いすがるようにして、祖父の碁石を返してくれるように頼む私に、「碁石？　まあそうだなあ、ともだちでも持ってきてくれれば考えないこともないけどなあ」と、露天商はにやにやと答えたのである。私に迷いはなかった。

あの時、楽しそうだったともだちの声が、露店市が見えた瞬間、不安に震えたのを覚えている。

「いいところに行くんだよね。水族館みたいないいところだよね」

何度も私の顔を覗き込んで、絞りだすように言う。

「ごめんね」

私が謝るのと同時に、目の前にあの露天商が現れた。ともだちの目から涙があふれる。露天商はにやにや笑いながら、「おまちしておりました」と、私に向かって頭を下げた。ともだちは声をあげて泣いた。

「嘘をついたの？　僕を置いていくの？」

ともだちの言葉には答えず、私はともだちに蟬の抜け殻を返した。ともだちのあかし。

「またいつか新しいおともだちにあげて」

ともだちは黙ってそれを受け取った。

仕方がないのだ、と私は自分に言い聞かせる。このままでは娘がいなくなってしまう。どうしようもないのだ。今は碁石も要《い》らない。娘さえ返してもらえればいい。

娘のことを考えると気が急《せ》いた。露店市が見える。

「ほら、早く」

思わずともだちの手を引いて、私は息を呑んだ。冷たいはずのともだちの手が、馴染み深いあたたかさに満たされている。手のひらのぬくもり。まるで娘のようだ。いや、ひょっとすると本当に娘じゃないのか。

驚いて顔を見る。ともだちだ。いや、違う。娘だ。いや、よくわからない。娘と同じ服を着た何者かが、私に手を引かれてぼんやり立っている。

遠くで露天商の呼ぶ声がする。露天商は笑っている。

特集　エログロナンセンスの時代R『小説新潮』二〇一五年十一月号

あとがき

ここのところ物忘れがすごい。元々ぼんやりした性質ではあるが、年齢とともにぼんやりが加速し、そこに「うっかり」が加わってなかなか不自由なことになっている。今もコーヒーを淹《い》れるために台所に行ったはずが、頭痛薬を飲んでお煎餅《せんべい》を食べてついでにトイレに寄って満足して部屋に戻り、やれやれとコーヒーを飲もうとして、

「ないよ！」

と驚いた。あったら魔法である。

用事は一度では済まないし（忘れ物を取りに戻るから）、二つ以上の荷物を持って移動するのは怖いし（一つどこかに置き忘れるから）、数日前には妹から面白い話を聞いて、げらげら笑っていたら、「これ、前にお姉ちゃんが教えてくれた話だよ……」と冷静に言われた。そしてその「面白い話」が何であったか、既に忘れて

いる。

私はもうだめではないか。そんな予感に震える時、自分に言い聞かせる言葉がある。

すべて忘れて死んでいく。

人は現世での様々な出来事を一つ一つ忘れ、最後は無になって清らかな心で死んでいくのだ。人生はうたかたの夢。夢なら儚《はかな》く消えるのは当たり前のことであろう。

私の偉いところは、仕事についても同じ気持ちで捉《とら》えていることだ。一所懸命書いたものも、いつかはすべて忘れて死んでいく。というか、わりと早い段階で忘れてしまう。掲載誌は処分してしまうし、原稿はパソコンの中に残っているが、それは残しているわけではなく残っているだけなので、パソコンを買い換えたら消えてなくなる。本当に人生とは儚いものである。

だから今回、担当編集者のY氏から「今まであちこちに発表した原稿を一冊にまとめませんか」と言われた時、つくづく「この人は何を言っておるのか」と思ったものである。そして答えた。

「無理っす」

なにしろ原稿がないのだ。ないものは載せようがない。すべて忘れて死んでいくのだ。

ところが、世の中には本当にいろいろな人がいるもので、たとえば友人のハマユウさんに手を回して、原稿を手に入れてしまった。ハマユウさん。彼女は私の本はもちろん、雑誌に掲載された文章もほとんどすべてスクラップにして保管してくれている人である。重版がかかるとそのたびに買うらしく、同じ本が何冊も家にあったりする。ありがたい。ありがたいが、「なぜ?」との思いも拭《ぬぐ》いがたい。同じ本、そんなに要ります?

で、そのハマユウさんに手を回して、Y氏は過去の原稿を手に入れてしまったのである。恐ろしい話だ。すべて忘れて死んでいくつもりが、周囲のしっかり者によっていろいろ思い出す羽目になってしまったのである。だが、おかげで無事にこの本が完成した。とりとめないものになるのでは? との私の危惧《きぐ》に対し、「そこは私の力業《ちからわざ》で!」と宣言したY氏の編集手腕も含めて楽しんでいただけると、とても嬉しい。

ちなみに収録されている北海道新聞の連載『呑《の》んで読んで』では、一度書いたことを忘れて同じ本を何度も紹介してるのではないかとびくびくしていたが、今回まとめて読み直してもそういったことはなかった。心の底からほっとしている。

本書は、ＰＨＰ文芸文庫オリジナル作品ですが、
刊行までにそれなりの苦労を要しました……。

著者紹介
北大路公子（きたおおじ　きみこ）
北海道生まれ。大学卒業後、フリーライターに。新聞の書評欄や文芸誌などに寄稿。
著書に、『生きていてもいいかしら日記』『頭の中身が漏れ出る日々』『ぐうたら旅日記』『私のことはほっといてください』（以上、PHP文芸文庫）、『枕もとに靴』『最後のおでん』（以上、新潮文庫）、『石の裏にも三年』『晴れても雪でも』（以上、集英社文庫）、『苦手図鑑』（角川文庫）、『流されるにもホドがある』（実業之日本社文庫）などがある。

PHP文芸文庫　すべて忘れて生きていく

2018年5月22日　第1版第1刷

著者　北大路公子
発行者　後藤淳一
発行所　株式会社PHP研究所
東京本部　〒135-8137 江東区豊洲5-6-52
第三制作部文藝課　☎03-3520-9620（編集）
普及部　☎03-3520-9630（販売）
京都本部　〒601-8411 京都市南区西九条北ノ内町11
PHP INTERFACE　https://www.php.co.jp/
組版　朝日メディアインターナショナル株式会社
印刷所　共同印刷株式会社
製本所　株式会社大進堂

ISBN978-4-569-76837-3

PHP文芸文庫

生きていてもいいかしら日記

北大路公子 著

40代独身。趣味昼酒。座右の銘「好奇心は身を滅ぼす」。いいとこなしな日常だけど思わず笑いがこぼれ、なぜか元気が出るエッセイ集。

定価 本体五五二円（税別）

PHP文芸文庫

頭の中身が漏れ出る日々

北大路公子 著

40代独身、趣味昼酒の女性が、怠惰な日常に無駄な妄想を絡めて綴る抱腹絶倒エッセイ第二弾。奥の深い「くだらなさ」に心底笑えます。

定価 本体六一九円（税別）

PHP文芸文庫

ぐうたら旅日記

恐山・知床をゆく

北大路公子 著

恐山の温泉で極楽気分？　知床でいちゃつくカップルに呪いを？　腰の重い人気エッセイストがくだらなくも愉快な視点で綴る爆笑旅日記。

定価　本体六二〇円（税別）

PHP文芸文庫

私のことはほっといてください

北大路公子 著

髪ゴムが起こした奇跡と呪いとは？ 世界で最も遠い十五歩とは？ 半径5メートルで起こる出来事を無駄に膨らませる抱腹絶倒のエッセイ。

定価 本体六二〇円（税別）